경계를 넘나드는 사람
신화를 만들다

경계를 넘나드는 사람
신화를 만들다

문충운 지음

퍼블리터

책이 나온다는 것은 세상에 내가 다시 태어난다는 느낌입니다. 반백의 세월을 하늘의 뜻을 살피며 숨 가쁘게 달려오는 동안, 때로 자신이 어떤 사람인지 잊을 때도 있었습니다. 이번에 제 자신을 돌아보고 낱낱이 드러내는 소중한 기회를 얻게 되었습니다. 저의 무한한 기쁨이자 또 한편으론 '그렇지 내가 이런 사람이었지' 하면서 되돌아보게 되는 시간이었습니다.

『신곡』의 저자 단테는 최고 전성기에 '길을 잃었다'는 한 문장으로 스스로를 돌아보는 성찰의 시간을 가졌습니다. 저 또한 이번에 청춘의 열정과 노년의 평정심을 두루 아우를 수 있는 균형 잡힌 중년의 시기를 맞아 새로운 길을 찾아보려는 출발선에서 평소 가졌던 생각을 엮어 세상에 내놓게 되었습니다.

저는 어릴 때 사람의 생명을 살리는 의사가 되고 싶었습니다. 저희 집안에 의사가 많아서 자연스레 든 생각이었습니다. 또 한편으로 우리 삶의 근간을 이루는 물질의 근본 원리를 탐구하는 화학자가 되어 세상에 한 줌의 빛을 더해보겠다는 당찬 꿈도 불꽃처럼 타올랐음을 돌아볼 수 있었습니다.

모교인 연세대에서 후배들을 가르칠 때였습니다. 제 심장에서 타오르는 불꽃보다 더 강렬한 에너지로 세상을 움직여 보려는 청춘들과 시대정신을 공유했습니다. 대한민국의 미래를 밝히는 이상을 공유하고, 문제를 논하며 개선점을 찾는 동안에 상아탑 현장보다는 실물경제를 직접 경험해 볼 필요를 느꼈습니다.

미국 위스콘신 매디슨대학교에서 화학 박사학위를 받고 캘리포니아대학교 버클리캠퍼스에서 박사 후 연구원으로 재직할 때, 세상은 그야말로 정보통신(IT) 기술혁명을 맞고 있었습니다. 저는 틈나는 대로 실리콘밸리를 찾아 인류 문명의 근간이 바뀌고 있는 생생한 현장의 소리를 귀와 눈으로 확인하였습니다. 그리고 화학과 정보통신기술의 융합에 대해 고민했습니다.

그 고민을 바탕으로 대한민국 IT혁명의 메카로 부상하고 있던 서울 삼성동 테헤란밸리에서 여러 형태의 사업을 직접 경영해 보았습니다.

그 과정에서 제 고민의 열매를 확인하는 보람도 느꼈고, 때로는 너무 앞서나간 나머지 시장 형성을 기다려야 하는 고난도 맛보았습니다. 기업경영 경험은 그 후 제 삶에 커다란 밑거름이 되어 싱크탱크 운영과 국가전략 방향 모색의 원동력으로 작용하게 되었습니다.

두루 세상을 배우고 연어가 제 집에 돌아오듯 선친의 유업을 이어 형님이 고향에서 운영하시던 일신해운에 부사장으로 합류했습니다. 일신해운의 해외 성장부문을 맡아 베트남 진출 프로젝트를 성공적으로 추진하였습니다. 현재도 회사의 전략기획과 신규 사업 부문을 맡고 있습니다.

우리나라는 삼면이 바다로 둘러싸여 있어 바다에서 새로운 성장의 모멘텀을 찾아야 합니다. 육지와 해양문화가 어우러진 포항의 장점을 살릴 수 있는 방안을 고민했습니다. 포항은 국제 지정학적 여건과 문화, 항만, 산업기반을 갖추어 환동해 국제도시로 발전할 최적의 여건이라는 평가를 받고 있습니다. 마침 정부의 신북방정책과 신남방정책의 교차점이기도 합니다.

포항이 환동해 국제도시로 성장할 수 있는 충분한 잠재력을 갖추었다는 것은 포항만이 가질 수 있는 최대 장점이자 핵심가치입니다. 이러한 포항의 장점을 바탕으로 이를 더 체계적으로 연구하고자 환동해

경계를 넘나드는 사람 신화를 만들다

전문 민간종합연구기관인 환동해연구원을 설립하고 초대 원장을 맡았습니다. 그래서 이 책은 저의 새로운 출발이자 포항 중심의 환동해시대가 열리고 있다는 의미이기도 합니다.

책이 나오기까지 많은 분들의 도움을 받았습니다. 환동해연구원 사무총장을 비롯한 직원 분들과 퍼블리터 출판사 관계자 여러분에게 감사의 말씀을 드립니다. 내용이나 표현의 오류는 전적으로 필자인 제 책임이고, 조금이라도 공감을 얻는 부분이 있다면 도와주신 분들의 덕분입니다. 사랑하는 두 아들에게도 고맙다는 말을 전합니다.

2020년 경자년 새해 아침

문충운

· 차례 ·

경계를 넘나드는 사람
신 화 를 만 들 다

1장

세상은
꿈꾸는 사람의 것이다

"충운아, 너희 집 마당에서
개구리 잡고 매미 잡던 기억 나냐?
그때 너희 집 마당은 놀이동산 부럽지 않은
우리들에게 최고의 놀이터였어.
너희 어머니가 해주시던 맛있는 음식은
지금 생각해도 군침이 돌 때가 있어."

수재로 소문난
포항수협 조합장의 막둥이

내가 어릴 때 자란 곳은 포항시 북구 덕수동이다. 포항시청을 비롯한 각종 관공서와 기관장 관사들이 들어서 있던 곳이다. 그래서 일명 관사거리로 불렸다. 관공서와 기관장의 관사들이 밀집해 있던 곳에 본가가 있었다. 포항시장 관사는 바로 옆집이었고, 포항시청사도 인근에 있었다. 시청사 앞쪽에는 내가 졸업한 포항중앙초등학교도 있었다. 한마디로 말해 포항의 중심지에 본가가 있었다.

나는 남평문씨 후손인 아버지 문영출과 경주김씨 후손인 어머니 김열의 2남 2녀 중 막내로 태어났다. 부모님은 결혼하시고 7년이 지나도록 아이가 생기지 않았다고 했다. 어머니는 애가 타신 나머지 꽤 유명

어린시절 포항 본가에서 형님과 누나들과 함께

한 점쟁이에게 물어보았더니 점괘가 걸작이었단다. 만약 아이가 태어나지 않는다면 큰 부자가 될 거라는 거였다. 그런데 삼신할머니는 아버지 어머니에게 큰 부자 대신 소중한 저희 4남매를 점지해 주셨다. 어머니는 결혼 8년 만에 큰 누이를 시작으로 하여 3~4년 터울로 4남매를 낳으셨다.

내가 태어날 무렵, 아버지는 새로 집을 마련하고 이사를 준비하고 계셨다. 이사를 계획하고 있던 즈음에 내가 태어나자 아버지는 이사를 잠시 미루고, 삼칠일이 지나서야 지금의 본가로 옮겨왔다. 지금은 많이 사라졌지만 당시만 해도 아이를 낳으면 삼칠일 동안 대문에 금줄을 쳐서 외부인의 출입을 금하는 전통풍속이 있었다. 갓 태어난 아이는 외부세계의 부정에 쉽게 노출될 수 있다고 보고, 산모와 함께 오염

경계를 넘나드는 사람 신화를 만들다

된 일상으로부터 분리하여 보호하려는 선조들의 지혜였다. 그래서 다른 가족들도 삼칠일이 지나 산모가 일상으로 복귀할 때까지 다른 집안의 행사나 상서롭지 못한 일에 참석하지 않는 등 여러 금기를 지키도록 했다.

포항 본가는
친구들 공부방이자 놀이터

본가는 대지가 200여 평 되어 마당이 넓었다. 넓은 마당에는 가지각색의 화초와 과실나무들이 심어져 있었고 작은 연못도 하나 있었다. 초등학교와 중학교를 다닐 때, 본가는 친구들에게는 최고의 놀이터이자 공부방이었다. 학교수업을 마치면 본가에서 친구들과 함께 뛰놀고 함께 숙제도 했다. 시험기간에는 함께 모여 시험공부를 했다. 내가 집에 있을 때, 포항 본가는 항상 친구들로 북적거렸다. 지금도 고향 친구들을 만나면 본가에서 놀던 어린 시절 추억을 자주 이야기하곤 한다. 나는 기억이 어슴푸레한데 친구들은 마치 어제 일처럼 세세하게 기억하고 있었다.

"충운아, 너희 집 마당에서 개구리 잡고 매미 잡던 기억 나냐? 그때 너희 집 마당은 놀이동산 부럽지 않은 우리들에게 최고의 놀이터였어.

너희 어머니가 해주시던 맛있는 음식은 지금 생각해도 군침이 돌 때가 있어."

당시 아버지는 여러 정치망 어장과 저인망 어선을 보유하고 나름 꽤 탄탄한 수산업체를 운영하고 계셨다. 한창 때는 강원도 고성에서부터 포항 월포리에 걸쳐 어장을 갖고 계셨다. 중학교에 다닐 때였다. 하루는 아버지가 정치망 어장 상황을 파악하기 위해 강원도로 가신다고 했다. 마침 휴일이라서 아버지를 따라 나섰다. 그때만 해도 강원도 고성에 가려면 포항에서 서울로 갔다가 서울에서 속초로 가서 다시 고성으로 가야 했다. 그만큼 교통사정이 좋지 않았다.

6살 때 포항 본가에서 한껏 폼을 잡고 있다.

　　　　　　　경계를 넘나드는 사람 신화를 만들다

부산에서 고성까지 가는 동해안 7번 국도는 연결되어 있지 않고, 동해안을 따라 올라가는 동해 중부선 철도도 없었다. 7번 국도는 최근에 완공되었고, 동해 중부선 철도는 아직도 공사 중일 정도로 동해안의 SOC(사회간접자본)는 열악한 상황이다.

아버지와 함께 고성에서부터 속초, 강릉, 동해, 삼척, 울진, 영덕, 포항까지 걸쳐 있는 어장을 살펴보았다. 직접 눈으로 살펴본 어장은 대단했다. 나도 모르게 입이 떡 벌어졌다. 아버지는 이 많은 어장을 관리하기 위해 수시로 집을 비우셨다. 어린 나는 아버지의 잦은 출장을 이해할 수 없었다. 이제야 현장에서 아버지가 일하시는 것을 직접 지켜보니 아버지가 정말 대단하시고 존경스러웠다.

아버지는 수산업체를 운영하시면서 초대 포항수협(당시는 포항어업협동조합) 조합장을 지내셨다. 포항수협 조합장을 오랫동안 맡으시면서 포항 수산업계에서 상당한 영향력도 갖고 계셨다. 1972년 박정희 정부는 10월 유신을 통해 유신체제를 출범시켰다. 이듬해인 1973년 4월, '일선 어업조합장을 새어촌지도자로 교체한다'는 방침이 수협중앙회에서 내려오자 아버지는 미련 없이 사표를 내고 물러나셨다. 조합장을 그만 두신 후에는 사업에만 전념하셨다.

포항수협은 일제 강점기인 1914년 영일어업조합으로 출발했다. 그

후 1962년 수산업협동조합법에 의거하여 포항어업협동조합으로 명칭을 변경했다. 1977년에는 다시 포항수산업협동조합으로 개칭하여 오늘에 이르고 있는 포항지역에서 가장 오래된 어업인 단체다.

아버지의 갑작스런 별세

아버지는 포항수협 조합장을 그만두신 후에는 사업에 온 힘을 쏟으셨다. 회사의 매출규모가 꾸준한 증가하면서 외형도 커지고 성장일로를 걷고 있었다. 아버지가 어느 때보다 정력적으로 사업에 몰두하시던 1982년, 우리 가족 모두 예상치 못한 일이 일어났다. 정정하시던 아버지가 간암 판정을 받으신 것이다. 청천벽력 같은 아버지의 암 진단에 우리 가족 모두는 충격에 빠졌다.

내가 고등학교 3학년에 올라가 1학기를 막 시작할 무렵이었다. 당시 나는 중학교 3학년 때, 포항에서 서울로 전학을 와서 서울에서 학교를 다니고 있었다. 아버지는 "괜찮으니 걱정 말라"고 하시며 의연하게 항암치료를 받으셨다. 어머니는 처음과 달리 아버지 옆에서 의연하게 병간호를 하시며 우리 4남매의 든든한 울타리가 되어 주셨다. 아버지가 고통스러워하시면 "네 아버지 대신 아팠으면 좋겠다"고 하시곤 하셨다. 그러나 우리 가족 모두의 기원에도 불구하고 아버지는 암 진단 6개월여 만에 돌아가셨다. 환갑을 맞아 이제 만 60세로 한창 왕성하게 활동하실 연세에 우리와 이별하셨다. 내가 고등학교 3학년, 수험생으로 대입학력고사를 한 달 보름쯤 남겨두고 있을 때였다.

아버지가 돌아가시자 마음의 상처가 깊은 나머지 슬픔과 방황의 날들을 보냈다. 대입학력고사가 코앞으로 다가왔지만 공부가 손에 잡히지 않았다. 형이나 누나는 물론이고 그 누구하고도 이야기하기가 싫었다. 학교 수업도 듣는 둥 마는 둥 하였다. 학교에서는 대입학력고사를 한 달여 앞두고 야간 자율학습도 하지 않았다. 학교에서 돌아와 저녁을 먹고 나면 그냥 멍하니 앉아 있기가 일쑤였다. 대입시험이 코앞인데도 책을 볼 수 없었다.

그때 단짝같이 지내던 친한 친구가 있었다. 내가 대입학력고사를 앞두고 방황하는 모습이 안타까웠는지 저녁마다 같이 공부하자며 우리 집에 왔다. 친구도 고등학교 2학년 때 아버지가 돌아가시어 나의 방황하는 모습을 이해하고 있었다. 그런데 친구가 집에 와도 나는 잠시 얘기를 나누고는 그뿐이었다.

그럼에도 불구하고 친구는 매일 집에 왔다. 그때마다 내가 친구와 같이 공부하는 것이 아니라 잠을 자든가 아무 말 없이 혼자만 있으니 친구는 1주일 정도 오다가 더 이상 오지 않았다. 친구에게는 미안했지만 이상하게 몸과 마음이 따라주지 않았다. 지금 생각해 봐도 다소 이해하기 어려운 행동이었다. 아마도 아버지의 갑작스러운 죽음에 놀라고 두려워서 어찌할 바를 모르는 일종의 공황상태에 빠졌던 모양이었다.

그렇게 시간은 흘러 대입학력고사가 이틀 정도 앞으로 다가왔다. 그때까지 무관심하게 보이던 대입학력고사가 갑자기 걱정되었다. 국어, 영어, 수학 핵심과목은 어느 정도 기본실력을 갖추고 있었지만 국사와 사회 같은 암기과목이 걱정되었다. 그렇다고 이틀을 앞두고 달달 외울 수도 없는 물리적 상황이었다. 알고 있는 것을 잊어먹지 말고, 실수나 하지 말자면서 이틀 밤을 세워가며 전 과목을 한 번씩 점검했다. 대입학력고사는 벼락치기가 통하지 않았다. 우려대로 시험 결과는 기대 이하였다. 국사 점수는 절반밖에 되지 않았다. 시험을 앞두고 제대로 마무리 공부를 하지 못한 것이 결정적이었다. 고교 내신 1등급에 항상 전교 톱10 안에 들었는데 학력고사 점수는 거기에 미치지 못했다.

어릴 때 꿈은 의사가 되는 것이었다. 하얀 가운을 입고 가난하고 병든 사람을 무료로 치료하고, 불치병에 걸린 환자를 고치어 세계적으로 인정을 받는 의사가 꿈이었다. 외삼촌은 서울의대 학장으로서 유명한 의사이셨고 큰집 형님도 의대에 다니고 있었는데 너무 멋있어 보였다. 그래서 나도 의사가 되고 싶었다. 그런데 의사가 되겠다는 꿈은 고등학교 때 화학자로 바뀌고 말았다. 살아있는 개구리나 쥐와 같은 동물들을 만지지 못하는 거였다. 친구가 나를 놀리려고 장난삼아 개구리를 책상에 놓아두면 나는 기겁을 하곤 했다. 심지어 살아 있는 동물을 만지면 피부에 알레르기 반응을 보일 정도였다. 그래서 꿈을 물질의 성질 및 조성과 구조, 그 변화를 다루는 화학자로 바꾸었다. 의사가 되지 못하는 꿈을 신약개발을 하는 화학자가 되어 의학계에 기여하고 싶었다.

신약개발을 하는 화학자가 되겠다는 꿈을 갖고 노력해 오던 중 잠시 방황하는 바람에 예상만큼 점수가 나오지 않았다. 연세대학교 화학과에 합격 후, 한때 재수를 생각했지만 어머니가 말리셨다. 아버지도 돌아가신 마당에 괜한 고생을 하지 말고, 연세대 화학과에서 너의 꿈을 충분히 살려보라는 어머니 말씀을 따르기로 했다.

내가 서울로 전학을 온 것은 중학교 3학년 1학기 초였다. 당시 누나들과 형이 서울에서 대학을 다니고 있어서 아버지가 서울에 집을 마련해 두고 있었다. 누나들은 고등학교는 포항에서 마치고 서울로 대학을 진학했고, 형은 고등학교 때부터 서울로 유학을 갔다. 그래서 나는 이왕에 서울로 갈 거라면 좀 더 일찍 갈 생각을 하고 있었다. 그때 마침 웃지 못 할 에피소드가 하나 있었다.

나는 포항에서 상당히 공부를 잘하는 수재로 소문나 있었다. 중학교 1학년 때는 전교 1등을 놓치지 않았다. 그것도 2등과 평균점수를 비교

하면 현격한 차이를 보일 정도였다. 중학교 2학년 때는 반장을 맡았는데, 하필이면 교무실이 바로 옆에 있었다. 교무실이 바로 옆이다 보니 학생들이 조금만 떠들어도 선생님이 불쑥 들어와서는 조용히 하라고 호통을 치시곤 하였다. 1970년대만 해도 반장이 담임 선생님을 대신하여 동료 아이들에게 체벌도 가하곤 했다. 지금 같으면 있을 수 없는 일이지만 유신정권 아래서는 그런 일이 다반사였다.

학교 일진 짱 꿀밤을 때리다

하루는 내가 "우리가 자꾸 떠들면 선생님이 수시로 들어와 야단을 치시니 좀 조용히 하자"고 말했다. 그런데 맨 뒤쪽에 앉아 있는 친구들이 계속해서 떠들고 있었다. 나는 "얘들아! 우리 좀 조용히 하자"고 두서너 번 더 주의를 주었다. 그래도 한 친구는 계속해서 옆자리 친구에게 장난을 치면서 얘기를 하고 있었다. 나는 화가 머리끝까지 치밀어 올랐다. 나도 모르게 그 친구에게 가서 꿀밤을 좀 쿵 소리가 날 정도로 한 대 때렸다. 그러자 그 친구는 다소 황당하고 어이없다는 듯이 아무 말 없이 그냥 쳐다보았다. 나는 뒤돌아보지도 않고 내 자리로 돌아왔다. 그 친구는 더 이상 떠들지 않았다. 잠시 후, 한 친구가 나에게 다가와서 하는 말을 듣고 깜짝 놀랐다. 그 친구가 우리 학교 '일진 짱'이라는 것이었다. 게다가 그 친구 형은 조폭이라고 했다.

경계를 넘나드는 사람 신화를 만들다

나는 초등학교 5학년 때부터 키가 훌쩍 크기 시작했다. 다른 친구들보다 한 뼘 이상은 컸다. 당시만 해도 고개를 숙이고 다닐 정도로 키도 크고 덩치도 있었다. 그렇다고 나는 싸움을 하지도 않고, 싸움을 할 줄도 몰랐다. 그 친구가 '일진 짱'이라는 말을 듣고 나니 덜컥 겁이 났다. '잠자는 사자 수염을 건드린 것이 아닌가'하는 조바심마저 들었다. 그 친구 입장에서 생각하니 참으로 황당하고 어이가 없을 것 같았다.

그 친구는 '내가 일진 짱인데 누가 감히 나를 건드려'라고 생각했을 것이다. 그런데 덩치만 컸지 순진한 모범생 반장이 다짜고짜 다가와서는 떠들었다고 친구들이 보는 앞에서 담임 선생님도 아니면서 꿀밤을 쿵 소리가 나게 때렸으니 얼마나 황당했겠는가. 만약 그때 그 친구가 '왜! 그래' 하면서 나에게 달려들었다면 상황은 아주 꼴사납고 우습게 되었을 것이다. 그러나 그 친구는 그렇게 행동하지 않았다. 나는 더 이상 두고 있을 수 없어 그 친구를 얘기 좀 하자며 조용히 불렀다. 내가 먼저 사과를 했다.

"미안하다 친구야. 난 네가 자꾸 떠들어서 다시 한 번 주의를 준다는 것이 나도 모르게 그만 손찌검을 하고 말았다. 다른 뜻이 전혀 없었으니 네가 이해해 주었으면 한다."

그 친구는 황당하고 어안이 벙벙했지만 반장인 나의 주의에도 불구하고 떠들었으므로 그냥 가만히 있었다고 말했다. "다른 친구가 그랬다면(그렇게 할 친구도 없지만) 가만히 있지를 않았다"면서 웃어 넘겼다. 그 일이 있고 난 후부터 그 친구와 나는 둘도 없는 단짝이 되었다. 그 친구와 만나면서 집에 들어오는 시간도 늦어지고, 외출도 잦아졌다. 그 친구와 어울리면서 자연스럽게 그 친구의 주변 친구들과도 같이 어울려 다니게 되었다. 학교 수업이 끝나면 분식집도 가고, 유원지에도 놀러갔다. 그 친구를 만나기 전에는 생각지도 못한 일들이었다. 중학교 2학년 한학기가 그렇게 지나가버렸다.

중학교 3학년 때
서울로 전학가다

시험을 칠 때마다 2등하고 현격한 점수 차이로 매번 전교 1등을 했다. 시험만 치면 1등은 아예 제쳐두고 2등을 두고 경쟁을 했다. 매 시험마다 1등을 하자 친구들은 나를 수재라고 불렀다. 간혹 어떤 친구는 "너, 천재지!"라고 말하기도 했다. 학교 선생님들조차도 "이번에 물건 하나 나왔다"고 할 정도였다. 중학교 3학년에 올라갈 때가 되자 갑자기 두려움이 생겼다. 내가 공부를 하지 않고 이렇게 행동해도 될까라는 자책감이 들었다. 이러다가 '친구 따라 강남 간다'고 나도 친구와 같은 길을 들어설 것 같았다. 그렇다고 하루아침에 그 친구들과 절연할 수

경계를 넘나드는 사람 신화를 만들다

도 없었다. 그래서 생각한 것이 전학이었다. 아버지께 정중히 부탁을
드렸다.

"아버지, 저도 형과 누나들이 있는 서울에 가서 공부하고 싶어요. 서
울에 있는 중학교로 전학 보내주세요."

아버지와 어머니는 반대를 하지 않으셨다. 누나들은 고등학교를 마
치고 서울로 진학했지만 형은 고등학교 때 서울로 전학을 갔기 때문에
아버지는 흔쾌히 허락하셨다. 그때 아버지가 누나들과 형에게 마련해
준 집이 서울 서초동에 있었다. 아버지의 허락이 있자마자 전학수속을
밟아 서초동 집 인근에 있는 영동중학교로 전학을 갔다. 3학년으로 올
라가서 1학기가 막 시작할 때였다.

내가 전학을 가면서 자연스럽게 그 친구와는 헤어지게 되었다. 그 친
구로 인해 갑자기 전학을 가게 됐지만 사실은 고등학교 입학시험을 치
르기 전에 서울로 전학을 갈 계획이었다. 고등학교 입학 연합고사는
서울에서 볼 계획을 갖고 있었다. 서울로 전학을 간 후로는 그 친구와
는 연락을 하지 않았다. 오래 시간이 지난 훗날 그 친구 소식을 들을
수 있었다. 안타깝게도 20대의 나이에 요절했다는 소식이었다. 그 친
구와의 인연으로 모범생인 나도 일탈의 세계를 경험할 수 있었고, 또
원래의 제자리로 돌아올 수 있었는데 그렇게 일찍 세상을 등졌다니 안

타까울 뿐이었다. 1979년 서울로 전학을 온 그 당시는 한창 강남이 개발 중이라서 전학이 쉽지가 않을 때였다. 강남 개발을 촉진하기 위해 정부는 1975년 강남구를 신설하고, '부동산투기 억제세 면제' 조처를 단행하는 한편, 사대문 안의 명문 고등학교와 국가기관의 강남 이전을 추진하였다. 1976년 경기고등학교를 시작으로 서울 도심의 명문 고등학교들이 강남으로 이전하면서 강남 8학군의 신화가 만들어질 때였다.

강남 개발을 촉발시킨 것은 경부고속도로 건설이었다. 경부고속도로 완공 이후 영동토지구획정리사업 일환으로 고속도로 주변의 반포동, 잠원동, 양재동 일대가 개발되면서 강남은 일확천금을 노리는 투기 일번지로 달아올랐다.

1970년대 초까지만 해도 강남은 영등포의 별칭이었다. 지금의 강남은 영등포의 동쪽이라는 '영동'으로 불렸다. 1970년에 이르러 서울시 인구가 500만 명을 넘어서자 서울시 면적도 627.06㎢로 늘어났다. 서울시는 1973년 7월 언주출장소와 신동출장소를 통합한 영동출장소를 신설하면서 영등포구에 속했던 반포동, 잠원동, 서초동, 양재동, 우면동, 원지동 지역을 성동구로 편입했다. 1975년에는 성동구의 한강이남 지역을 강남구로 분구시켰다. 강남구의 신설로 서울 한강 이남을 가리키던 '강남'은 정식 행정구역 명칭이 되었다.

나는 내 스스로 생각해도 참으로 순진하고 착했다. 초등학교 시절, 여학생들이 고무줄놀이를 하면 슬그머니 다가가서 칼이나 가위로 고무줄을 끊던 일은 다반사였다. 나쁜 의도가 아니지만 장난으로도 놀리고 하는데 나는 한 번도 그런 장난을 치지 않았다. 여학생이든 친구든 후배들이 놀 때, 훼방을 놓거나 해코지 한 적 일절 없었다. 말 그대로 전형적인 모범생 순둥이였다. 내 성격 자체가 다른 사람에게 해를 끼치는 일은 절대로 하지 않았다.

초등학교 1학년 때
90% 득표율로 반장 당선

나는 전형적인 순진하고 공부 잘하는 모범생이었다. 초등학교부터 중학교 때까지 반장을 도맡아했다. 반장 얘기를 하면 아직도 신기하면서도 재미있는 에피소드가 있다. 초등학교 1학년 때였다. 나는 유치원을 다니지 않고 초등학교에 입학했다. 겨우 내 이름 석 자만 쓸 줄 알고 초등학교에 들어갔다. 한글도 제대로 모르고 입학했는데, 1학년 2학기 때 반장에 뽑혔다. 1학기 때는 반장을 선출하지 않는데 2학기 때는 친구들이 서로를 추천하고 투표를 해서 반장을 선출했다. 누가 추천했는지 모르겠으나 나도 반장 후보로 추천되었다. 당시 한 학급은 60여명 정도였다. 투표 결과는 너무나 놀라웠다. 내가 전체 60표 중 54

표를 득표했다. 90%라는 압도적인 득표율로 내가 당선되었다. 그때 나는 반장후보는 자신을 찍으면 안 되는 줄 알고, 다른 반장후보에게 투표했다. 이는 곧 나를 제외하고 다섯 명이 다른 반장후보에게 투표했다는 것이다. 투표결과가 너무나 신기했다. 내가 친구들에게 그렇게 인기가 많았는지 의아해하면서도 어리둥절할 뿐이었다. 초등학교 고학년으로 올라가고 중·고등학생이 되면 반장 경험이 있던 친구나 공부 잘하는 모범생들이 대부분 반장으로 선출된다. 그런데 초등학교 1학년 코흘리개들이 한 학기 같이 생활을 한 나에게 왜 일방적 지지를 했는지 지금 돌아보아도 신기하다. 그래서 초등학교 1학년 2학기 때의 반장당선은 지금도 또렷하게 기억에 남아 있다.

고등학생이 되었을 때는 반장을 맡는 것이 싫어졌다. 당시 학급반장은 지금처럼 학생들이 선거를 하지 않고 담임 선생님이 지명을 했다. 반장을 맡으라고 하면 선생님을 찾아가 더 이상 반장을 하지 않겠다며 오히려 지명철회를 요청했다. 요구가 받아들여지지 않으면 반장 대신 부반장을 시켜 달라고 했다. 고등학교 때는 반장은 물론이고 학생회 간부도 맡지 않고 다소 이기적일 수도 있지만 내 공부에만 전념했다. 고등학교를 졸업할 때까지 술과 담배는 일절 입에 대지 않았다. 왠지 나는 하고 싶은 생각도 없었고 하기도 싫었다.

70년대 말 80년대 초는 당구장과 고고장이 대유행이었다. 특히 8비트의 정박리듬인 고고리듬에 맞추어 추는 고고춤은 인기 만발이었다. 고등학교 졸업하고 대학 입학 전까지 친구들은 당구장 간다는 둥, 고고장 간다는 둥 했지만 나는 포항 본가로 내려가서 집에만 틀어박혀 있었다. 그때가 아버지가 돌아가시고 얼마 되지도 않은 상황이기도 했지만 나의 성격과도 맞지 않았다. 그래서 지금까지 내가 입문하지 못한 잡기 두 가지가 있는데 첫째가 당구고 둘째가 춤이다.

아버지와 짜장면

어릴 때, 나는 아버지에게 한 가지 불만사항이 있었다. 짜장면을 마음대로 먹지 못하는 것이었다. 1960~70년대만 해도 짜장면은 일반 가정에서 외식을 하면 단연 최고의 음식이었다. 그나마 졸업식이나 생일, 시험을 100점을 맞는다든가, 무슨 상을 타는 등 특별한 날에나 맛볼 수 있었다. 아버지는 집에서 중국 요리를 배달시켜 먹는 것을 싫어하셨다. 그렇다고 가족 전체가 중국집에서 외식을 하는 경우도 드물었다. 친구들은 시험 100점을 맞으면 짜장면을 먹었다고 늘 자랑하는데, 나는 늘 100점을 맞아도 짜장면을 먹을 수 없었다.

그렇다고 집에서 짜장면을 배달시켜 먹는다는 것은 언감생심이었다. 간혹 아버지가 출장을 가서 집을 비우실 때, 어머니가 짜장면을 배달시켜 주시든가 아니면 어머니랑 같이 짜장면 외식을 하곤 하였다. 아버지가 안 계실 때 어머니가 사주는 짜장면으로 나의 짜장면에 대한 허기는 채울 수 없었다.

그래서 내가 생각해낸 방법이 짜장면을 먹었다고 자랑하는 친구네 집으로 종종 놀러가는 것이었다. 친구가 시험점수를 잘 받아 짜장면이 먹고 싶다고 하면 친구 어머니는 어김없이 짜장면을 배달시켜 주셨다. 그럼 나도 친구와 함께 오랜만에 짜장면을 배불리 먹곤 하였다. 그 대신 나는 친구에게 라면을 끓여주었다. 그때만 해도 라면이 귀할 때였다. 친구가 집으로 놀러오면 어머니에게 부탁하여 항상 라면을 먹곤 하였다. 짜장면을 안 사주시는 아버지에 대한 불만은 있었지만, 아버지에게 그 이유를 굳이 여쭈어 보지는 않았다. 아버지가 짜장면을 사주시지 않아도, 친구네 집에서 마음껏 먹을 수 있었기 때문이기도 하다.

육영수 여사 피격 전날
류중일 감독과 하룻밤

형과 나는 어릴 때 운동을 곧잘 하였다. 형은 중학교 때까지 야구선수로 활동했다. 형이 초등학교 때는 우리나라 프로야구 최고투수 중의 한 사람인 김시진 한국야구위원회 기술위원장이 1년 후배였다. 형이

투수를 했는데 김시진 기술위원장이 그때 형의 조수 역할을 했었다. 나도 형을 따라 초등학교 때는 야구선수로 뛰었다. 그때 1년 선배인 류중일 현 LG트윈스 감독과 같이 야구를 했다. 야구부가 갑자기 해체되는 바람에 류중일 감독은 대구삼덕초등학교로 전학을 가고 나는 야구선수를 접었다. 류중일 감독이 대구로 전학을 간 후로는 한 번도 만나지 못했다.

내가 류중일 감독을 기억하는 것은 류중일 감독의 집이 포항 본가 인근이었다. 집도 가까워 어른들도 왕래를 하고, 나도 자주 류중일 감독의 집으로 놀러가곤 하였다. 초등학교 4학년 여름방학 때였다. 류중일 감독의 집에서 같이 놀다가 하룻밤을 같이 자게 되었다. 늦도록 자다가 다음날 일어나 보니 어른들의 목소리로 시끌벅적 와자지껄했다. 무슨 소리인가 가만히 들어보니 박정희 대통령의 영부인인 육영수 여사가 피격 당했다는 것이었다. 텔레비전에서는 계속해서 관련 뉴스가 속보로 나오고 있었다. 나도 그 소식을 듣고는 부리나케 집으로 달려 왔다. 그래서 나는 류중일 감독과 함께 보낸 1974년 8월 14일 밤을 잊을 수 없다.

1974년 8월 15일은 제29주년 광복절인 동시에 우리나라 최초의 지하철 개통식이 열린 역사적인 날이었다. 하지만 이날 광복절 기념식에서 육영수 여사가 문세광의 총탄에 맞아 숨지는 사건이 터지면서 지하철 개통식은 사람들의 기억에서 묻히고 말았다. 반면 나는 육영수 여사 피격사건으로 인해 류중일 감독과 함께 보낸 날을 영원히 기억하게 되었다.

초대 민선 포항시장 큰아버지는
포항유도의 대부

아버지는 포항수협 조합장을 지내시는 등 줄곧 수산업에 종사하셨다. 반면에 큰아버지는 경상북도 이사관과 행정관을 역임하시는 등 오랫동안 공직에 계셨다. 허정 과도정부에서 관선 포항시장을 하셨고, 4.19 혁명으로 집권한 민주당 정권에서는 초대 민선 포항시장을 지내셨다. 5.16으로 민선시장에서 물러나신 후에는 줄곧 야당 정치인으로 활동하셨다. 1973년 2월에 실시된 제9대 국회의원선거 경북 제3선거구에서 국회의원 후보로 출마하는 등 여러 번 선거에 나섰지만 당선의 꿈은 이루지 못하셨다.

초등학생 때였지만 큰아버지 국회의원 선거운동 때 슬로건인 "문제없다. 문달식!"은 아직도 기억에 남아 있다. 포항에서 연세 드신 분들은 지금도 여전히 이 선거구호를 기억하고 있다. 큰아버지가 국회의원 선거에 출마하시면, 아버지는 휴가를 내고 큰아버지 선거사무실에서 회계를 비롯한 선거운동에 발 벗고 나섰다. 유신정권 출범 후, 아버지는 오랫동안 맡아오던 포항수협 조합장에서 갑자기 물러나셨다. 지금 돌이켜보면 야당 정치인인 큰아버지 선거를 도와 준 것이 밉보였기 때문이 아닌가하는 생각도 든다.

큰아버지는 공직에 계셨지만 포항유도의 대부이시다. 1945년 8월 26일 김성곤(쌍용 창업자), 신도환(전 신민당 국회의원) 등과 함께 경북유도회의 전신인 '조선무술회'를 창설했다. 김성곤 씨가 초대 회장을 큰아버지가 초대 전무를 맡으셨다. 큰아버지는 행정부문 총괄책임자인 전무를 맡아 4년 5개월 동안 재임하면서 조선무술회 발전의 기반을 마

1973년 2월에 실시된 제9대 국회의원선거에 출마한 큰아버지의 선거 벽보(좌).
큰 아버지가 선거에 출마하시면 아버지(우)는 휴가를 내고 선거운동을 도우셨다.

련하셨다. 큰아버지는 그 공로를 인정받아 1965년 경북유도회 제1호 금장 공로장을 수상하셨다. 1978년 큰아버지가 돌아가시자 경북유도회는 공적비를 세워 업적을 기렸고, 포항시유도회는 1982년 큰아버지의 아호를 딴 '동암 문달식 선생 추모 겸 포항시장배 유도대회'를 창설해 올해(2019) 38회째 이르고 있다.

'동암 문달식 선생 추모 겸 포항시장배 유도대회'는 포항유도의 중심이 된 것은 물론, 경상북도와 대한민국 유도의 산실로 자리매김했다. 특히 2012년 제30회 런던올림픽 유도 남자 81kg급 금메달리스트인 김재범과 2016년 제31회 리우올림픽 유도 남자 90kg급 동메달을 차지한 곽동한도 이 대회를 통해 세계적인 선수로 성장했다.

유도계에는 큰아버지의 제자들이 많다. 포항출신으로 용인대 총장과 대한유도회 회장을 역임한 김정행 전 대한체육회 회장은 대표적인 큰아버지 제자이시다. 큰아버지가 포항유도의 대부역할을 하신 만큼, 큰집 형제들이나 우리 집 형제들 모두 어릴 때는 유도를 배웠다. 큰집은 모두 9형제인데, 유도대(용인대 전신) 출신들이 많다. 유도 단수만 계산하여도 수십 단은 될 것이다. 나도 고등학교 때까지 운동 삼아서 유도를 배우고 익혔지만 아버지가 돌아가시고는 그만두었다. 큰집의 셋째이신 충국이 형님이 유도 6단이신데 유도사범으로 오랫동안 체육 선생님으로 재직하셨다. 지금은 포항시체육회 상임부회장을 맡아 실질

경계를 넘나드는 사람 신화를 만들다

적으로 포항시체육회를 이끌고 계신다.

포항에서 남평문씨 집안은 몇 손가락 안에 드는 명문가로 알려져 있
다. 2010년 30년 만에 고향에 내려오면서 어르신들에게 인사를 드렸
다. 그때마다 어르신들은 "문충배(큰집 둘째 형님)하고는 어찌 되는가?"
"충국이하고는 어떻게 되고?"라고 물으셨다. 어르신들의 그 말씀을 들
을 때마다 내 뿌리가 포항이라는 것에 대해 큰 자부심을 갖게 되었다.
큰아버지와 아버지가 쌓으신 공덕이 이렇게 자식들로 이어지고 있다
고 생각하니 다시 한 번 큰아버지와 아버지에게 존경과 감사를 드리고
싶어졌다.

화학도로서
신약개발의 꿈을 키우다

나는 화학자로서 대학교수가 되는 것이 꿈이었다. 화학자가 되어 세상에 존재하지 않은 혁신적인 신약을 개발하는 것이었다. 신약개발을 통해 질병으로 고통 받는 사람들의 삶을 개선하여 그들도 건강하고 행복한 삶을 누릴 수 있도록 하고 싶었다. 중·고등학생 때는 외삼촌이 의사라서 의대를 가고 싶었다. 그런데 생물시간에 개구리와 같은 생물체를 만지고 해부하는 것을 도저히 할 수 없었다. 그래서 의대는 포기하고 생명체를 다루지 않는 화학 분야로 바꾸었다.

1983년 연세대 화학과에 입학했다. 보통 대학교 1학년 때는 미팅이다, MT다 하여 그동안 억눌렸던 압박에서 해방되어 놀러 다니는 일이 많았다. 그때 나는 고등학교 3학년 2학기 때, 대학입학 학력고사를 앞두고 아버지가 갑자기 돌아가시어 놀러 다닐 기분은 아니었다. 대학입학 학력고사를 치르고 나서 친구들은 어디 놀러갈 계획을 짠다는 둥, 당구장에서 당구를 배운다는 둥 그동안 하지 못했던 것들을 한다고 난리였다. 나는 포항 본가에 내려와서 집에만 있었다. 개학이 되어 졸업을 앞두고 있을 때, 친구들은 이미 당구 100을 친다거나 120을 친다는 얘기하고 있었다. 나는 당구도 배우지 않았고, 놀러 다니지도 않았다.

대학교에 입학해서는 새내기이지만 학과수업 한 번 빠지지 않았다. 수업이 없으면 항상 도서관에서 공부를 했다. 친구들이 MT간다고 할

연세대 대학원 졸업식 때

때, 그냥 혼자서 도서관에서 책을 읽는다든가 아니면 학과공부를 하면서 지냈다. 대학생이 되었다고 고등학교 때와 크게 달라지지 않았다. 그렇게 1학년을 마치니 성적이 안 좋게 나올 수가 없었다. 평점이 4.0이 넘었다. 지도교수님이 아산사회복지재단의 성적우수 장학생으로 추천했다. 2학년부터 졸업할 때까지 3년 동안 등록금 전액을 면제받는 장학금 혜택을 받았다.

군복무는 대학원을 마치고 석사학위 소지자로 6개월간 육군 군사교육과 전방 체험만 거치면 육군 소위로 임관과 동시에 전역시켜주는 이른바 석사장교로 입대할 계획이었다. 대학교 4학년 때, 징병검사를 받았다. 그런데 무릎연골 파열로 군 면제 판정을 받고 곧바로 제2 국민역으로 편입되었다. 어릴 때 운동을 하면서 나도 모르게 다친 것이 화근이 되었던 것이다.

물질의 근본원리 탐구하는 화학자가 꿈

화학이란 물질의 조성·구조·성질 및 그 변화를 다루는 학문이다. 물질의 조성이란 어떠한 성분이 얼마만큼 들어있는지를 밝히는 것이다. 원소분석을 거쳐 어떠한 분자들인지 알아내어야 한다. 물질의 구조란 보통 결정구조를 의미하고 더 상세히는 분자의 구조까지 살피는

경계를 넘나드는 사람 신화를 만들다

것이다. 성질과 변화는 분자 속 전자의 상태와 움직임을 파악하는 것이다. 화학자는 인간과 자연의 근간인 물질의 근본원리를 탐구하는 사람이다.

근대 과학 이전의 화학은 불에 타는 현상으로 거슬러 올라간다. 한 물질을 다른 것으로 바꾸는 불은 신비스러운 힘으로 여겨졌고 인류의 주된 관심사였다. 금속과 유리의 발견을 이끈 것은 불이었다. 이후에 금이 발견되고 귀한 금속이 되자 많은 사람들은 다른 물질을 금으로 바꾸는 방법을 찾는 것에 관심을 두었다.

이것이 우리가 흔히 말하는 연금술이다. 화학자를 일컫는 'Chemist'는 라틴어로 연금술사^{alchimista}의 축약형인 'Chimista'에서 유래되었다. 연금술사들이 근대화학의 발전을 이끈 대부분의 화학적 과정을 발견하였다고 해도 지나치지 않다.

근대 이후 화학은 의약 및 산업 분야에서 매우 중요한 역할을 하고 있다. 화학자들은 비료와 살충제를 만들어 농업생산량을 증가시켰고, 신약을 개발하여 인간 수명을 연장시켰다. 인간생활에 편리함을 많이 가져다 준 제품들은 대부분 화학자들이 화학물질을 이용하여 개발하면 만든 것들이다.

철강도시 피츠버그에서 유학생활 시작

대학 4년 동안 나는 인간 삶의 근간을 이루는 물질의 근본 원리를 탐구하는 화학자로서 세상에 빛을 더해 보겠다는 꿈이 불꽃처럼 활활 타올랐다. 연세대 화학과를 졸업하고 곧바로 연세대 대학원에 진학하여 유기화학을 전공했다. 유기화학은 탄소를 주성분으로 하는 화합물에 대한 결합 및 구조적 특성, 물리화학적 성질간의 상관관계를 연구하는 학문이다. 유기화학의 주요 관심사는 천연에서 산출되는 탄소화합물을 분리 정제하고 그 구조를 연구하는 데 있다.

나는 이 과정을 통해 우리 인간 삶의 이정표가 되는 획기적인 신약개발을 하고 싶다는 당찬 꿈을 갖고 있었다. 1989년 석사학위를 받은 해 곧바로 미국 피츠버그대 화학과로 유학을 떠났다. 피츠버그대에 유기화학 분야의 내가 존경하는 유명한 교수가 있었다. 그 교수 밑에서 공부하기 위해 피츠버그대로 유학을 갔다.

미국 유학을 가서 1년 쯤 지났을 때, 그 교수가 미국 남동부에 있는 플로리다주립대학교로 옮겨 버렸다. 그 교수는 신약 개발 전문가였다. 플로리다주 잭슨빌에 있는 메이오 클리닉Mayo Clinic이라고 하는 대형 종합병원이 있었다. 신약개발 연구는 메이오 클리닉에서 하고, 강의는 플로리다주립대에서 하는 조건으로 옮겨갔다.

경계를 넘나드는 사람 신화를 만들다

미국 유학시절 때 찍은 사진. 처음 피츠버그대로 유학을 떠났지만 지도교수가 다른 대학으로 옮기는 바람에 나는 위스콘신 매이슨대학에서 화학 박사학위를 받았다.

메이오 클리닉은 미국 미네소타주 로체스터에 본사를 둔 대형 종합병원이다. 로체스터 외에도 플로리다주 잭슨빌과 애리조나주 스코츠데일에 지부를 두고 있다. 또한 메이오 클리닉 헬스 시스템이라는 이름으로, 미네소타 주내뿐만 아니라 아이오와주, 위스콘신주에도 병원이나 진료소를 운영하고 있다. 그 교수는 자신이랑 같이 공부하려면 플로리다주립대로 옮기라고 말했다. 당초 피츠버그대학으로 왔다가 다시 플로리다대로 옮겨서 졸업장을 받는 것은 아니라는 생각이 들었다. 그렇다고 내가 바라보고 왔던 교수도 피츠버그를 떠났으니 굳이 피츠버그에 있을 필요가 없었다.

피츠버그대에선 주로 유기화학 물질로 코카인^{cocaine} 비슷한 물질을 만들어 그 효능을 알아보는 실험을 주로 했다. 화학구조가 복잡한 물질의 구조를 단순화시켜 효능을 파악하자는 것이 목적이었다. 진짜는 아니지만 실질적으로 동일한 효능을 내기 때문에 실험실에 들어갈 때는 반드시 관련 약품은 반출하지 않겠다는 서약서를 작성하고 연구를 했다. 나는 이런 화학구조 분석을 통해 새로운 화학 물질을 만들어 내는 것이 좋아서 피츠버그대학으로 유학을 간 것이었다.

유학생활 중 매일 어머니에게 안부전화

미국으로 유학을 떠난 지 1년 후, 결혼을 하고 피츠버그에서 신혼생활을 시작했다. 피츠버그는 앨러게니강과 모논가헬라강이 합류하여 오하이오강이 되는 지점의 앨러게니 대지 위에 발달한 도시이다. 수상교통과 철도망의 결절점을 이룬다. 부근의 펜실베이니아 탄전에서 채굴되는 석탄과 슈피리어호 서쪽 호안에서 나오는 철광석을 이용하여 오랫동안 세계적인 제철공업 지대로 발전하였다. 피츠버그는 '철강 도시'로 유명하다. '철강도시' 포항에서 나고 자란 내가 '철강도시' 피츠버그에서 유학생활을 시작하였다.

미국 유학생을 하면서 거의 매일 포항에 계시는 어머니께 전화를 드렸다. 14시간 시차가 생기므로 어머니에게 아침에 전화를 드리려면 나

경계를 넘나드는 사람 신화를 만들다

는 오후 저녁 시간에 전화를 해야 했다. 나는 저녁을 먹으면서 어머니에게는 아침인사를 드렸다. 어머니는 항상 "몸 건강해라"라는 말씀을 하셨다. 어머니에게 전화를 드리고 어머니 목소리를 들어야 마음도 편안해졌다. 그렇게 나는 하루일과를 어머니께 전화 드리는 것으로 항상 마무리했다.

피츠버그대에서 공부한 지 1년 6개월 정도가 되었다. 내가 믿고 따르던 교수님이 학교를 떠난 마당에 피츠버그대를 굳이 고집할 이유가 없었다. 고민 끝에 위스콘신 매디슨대로 옮겼다. 위스콘신 매디슨대에서도 나의 일상생활은 다르지 않았다. 강의 듣고 연구하는 생활이 계속 이어졌다. 박사과정이 막바지에 이르고 있을 때였다.

한국에서 어머니가 편찮으시다는 연락을 받았다. 췌장암 진단을 받았다고 했다. 안부 전화를 드렸을 때는 잘 계신다고 하셨는데 갑자기 췌장암이라니 가슴이 덜컹 내려앉았다. 췌장암의 예후가 나쁜 것은 다른 암과 달리 초기증상이 거의 없다는 점이다. 게다가 해부학적 특성상 조기진단이 어렵고, 다른 암에 비해 항암제가 잘 듣지 않으며, 수술했더라도 주변 림프절 재발이 많았다. 그래서 췌장암 진단은 마치 사망선고로 받아들이는 경우가 대부분이었다.

어머니의 췌장암 소식을 듣자 눈물이 앞을 가리고 눈앞이 캄캄해졌다. 부랴부랴 한국행 비행기에 올랐다. 어머니는 수술을 받으셨다. 다행이도 수술은 잘 되었다는 담당 의사의 설명에 형님과 누님 모두 안도의 숨을 내쉬었다. 수술이 잘 되었으니 안심해도 된다고 하여 나는 다시 미국으로 돌아갔다. 어머니가 수술을 하고 한 달 쯤 지났을 때였다. 어머니의 암이 다시 재발을 했다는 거였다. 이제는 3개월여 정도 밖에 살 수 없다는 연락을 받았다. 아주 고약한 췌장암의 특성 그대로였다.

어머니와 마지막 3개월

어머니가 3개월 시한부 인생이라는 소식을 듣자 막내인 내가 어머니 옆에서 마지막까지 모시고 싶었다. 세상에서 가장 따뜻한 품은 어머니의 품이라고 했다. 막내로서 어머니의 따스한 '사랑'과 '품'을 마음껏 받은 것에 비할 바가 아니었다. 막내인 내가 어머니 옆에 있어서 그랬던지 3개월 밖에 못사신다는 어머니는 3개월을 넘어 3개월을 더 막내와 함께 지내시다가 하늘나라로 가셨다. 세상의 모든 '사랑과 이별'은 세월이 흐르면 흐를수록 다 잊히고 만다고 한다.

하지만 부모와 자식 간의 '사랑과 이별'만은 세월이 가면 갈수록 간절해지고 더욱더 생생해진다. 어머니 연배의 할머니를 뵐 때마다, '엄마'라는 소리가 들릴 때마다 어머니의 환한 얼굴이, "충운아!"하고 부르던

경계를 넘나드는 사람 신화를 만들다

어머니 목소리가 떠오른다. 아직도 문득문득 떠오르는 어머니 생각에 눈시울이 붉어지고 가슴이 아려 온다.

어머니의 간호를 위해 한국에 나왔다가 1년 가까이 학교를 쉬었다. 1년 정도 학교를 쉬자 더 이상 공부하고 싶은 마음이 없어졌다. 화학자로서 학교에 남아 강의도 하며 연구실에서 신약개발을 하겠다는 넘치던 의욕도 식어갔다. 결혼도 하고 아이도 태어나고 어머니마저 돌아가시자 박사학위가 무슨 소용이 있을까 하는 생각도 들었다. 학업을 포기할 것 같은 낌새를 알아챈 형님과 누님들이 말리고 나섰다.

"이제 학위과정은 거의 다 마치지 않았느냐? 졸업을 하고 결정을 해도 된다."

형님과 누님들의 말씀이 옳았다. 7년 가까이 공부한 것을 마무리 지어야 했다. 그동안 내가 살아온 길도 시작한 일을 도중에 포기하는 그런 무책임하지는 않았다. 다시 미국으로 돌아가 논문을 마무리 하고 박사학위를 받았다. 논문을 마무리 할 때, 지도교수가 포닥Post Doctor 즉 박사 후 연구원 과정을 제안했다.

유기화학 분야의 경우는 박사학위를 취득한 후 전문가(주로 대학의 교수)로 활동하기 전에, 일종의 연수과정처럼 연구기관이나 기업 등에서 근무하면서 연구 활동을 기본적으로 거쳐야 한다. 근무경력에 해당되기 때문에 어디서 포닥을 수행했는가 하는 것도 전문가로서의 명성을 키워주는 데 큰 도움이 된다.

지도교수의 포닥 제안에 사업을 할 계획이므로 포닥이 의미 없다고 대답했다. 그러자 지도교수 또한 물러나지 않았다. 앞으로 사업을 하든 부엇을 하든 1년 정도만 포닥을 하고나서 마음대로 하라는 것이었다. 그래서 캘리포니아 버클리대학교 포닥에 지원하였다. 마음이 콩밭에 가 있으니 캘리포니아 버클리대에서 포닥도 1년을 채우지 못했다. 8개월 정도 연구원 생활을 하다가 한국으로 돌아왔다. 그때 마침 집사람이 혼자서 아들 둘을 키우느라 많이 힘들어 했다. 게다가 7년 가까이 되는 외국생활에서 오는 향수병도 생겨 가족이 있는 한국으로 돌아올 수밖에 없었다.

모교에서 후배들과 시대정신을 공유

국내로 돌아오니 대학 은사님들이 학교에서 후진양성을 적극 권했다. 외국에 나가 보고 배운 것은 혼자만 갖고 있으면 아무 소용이 없으니 후진을 위해 나누어야 성취감도 있다면서 강의 자리를 마련해 주었다. 은사님의 배려로 후배들을 가르치게 되었다. 7년 여 동안 미국에서 배우고 익힌 것을 저보다 더 강렬한 에너지로 세상을 움직여 보려는 청춘들과 함께 시대정신을 공유하는 데 최선을 다했다. 젊은 후배들을 보자 다시 에너지가 불타올랐다. 모교인 연세대에서 1년 여 동안 후배들과 열정을 불태웠다. 1년 정도 지나자 모교에서는 BK21 Brain Korea 21 연구교수를 제안했다. 그렇게 다시 2년여 동안 모교에서 후배들을 가르치고 연구했다.

BK21은 교육부가 21세기 지식기반사회에 대비, 고등인력 양성을 목적으로 1999년부터 7개년에 걸쳐 시행하는 교육개혁정책이다. 세계 수준의 외국 대학원을 벤치마킹하여 대학원 중심의 대학 및 각 지방의 산업 수요와 연계하여 특성화가 이루어지는 지역 대학 육성을 목적으로 하는 고등교육 인력양성 사업이다.

테헤란밸리서
코리안 IT 드림 도전

2000년을 전후로 국내 IT업계에는 벤처기업 붐이 일었다. 미국에서 시작된 '닷컴붐'이 국내에서도 활황을 맞았다. 중소벤처기업부 자료를 보면 1999년 4,934개이던 벤처기업은 2000년 8,799개로 늘었다. 2001년에는 1만1,392개로 정점에 이른다. 서울 삼성동 테헤란로는 벤처기업들로 넘쳐났다.

그때는 인터넷이 세상을 바꿀 것이란 기대감에 '닷컴' 기업들의 주가는 천정부지로 올라갔다. '묻지마 투자'로 하루에도 몇 배씩 수익을 낸다는 얘기가 자자했다. 하지만 곧바로 닷컴버블이 꺼지면서 벤처기업은 2002년 8,778개로 줄어들었다. 거품이 꺼지면서 많은 IT벤처기업의 코스닥 주식은 휴지조각이 됐다. 그렇지만 IT벤처기업의 역동적이고 폭발적인 붐은 IMF 위기를 극복하는데 힘을 실었다.

실리콘밸리에서 화학과 IT기술 접목방법 고민

미국 위스콘신 매디슨대학교에서 박사과정을 마치고 캘리포니아대학교 버클리캠퍼스에서 박사 후 연구원으로 재직할 동안, 틈나는 대로 실리콘밸리를 찾았다. 사업을 하려면 미국의 첨단산업을 이끌고 있는 IT(정보통신) 산업과 벤처기업들의 메카인 실리콘밸리를 직접 눈으로 보지 않을 수 없었다. 새로운 천년을 앞둔 1990년대 말은 그야말로 정보통신IT 기술 혁명을 맞고 있었다. 실리콘밸리에서 나의 전공인 화학과 IT기술의 접목 방법을 고민했다.

모교에서 후배들을 가르치고 있을 때, 한국의 실리콘밸리인 테헤란밸리에서 벤처기업을 하던 한 후배가 찾아왔다. 닌텐도의 '위Wii', 마이크로소프트MS의 '엑스박스', 소니엔터테인먼트의 '플레이스테이션'과 같은 콘솔게임 업체였다. 후배가 투자를 제안해 선뜻 후배의 한 벤처기업에 1억 원 정도를 투자했다. 미국에서 유학할 때, 우연히 미국 콘솔게임 시장자료를 보았는데 블루오션 시장으로 아주 유망사업 분야였다.

마침 2000년 무렵부터 게임시장이 개방되면서 후배의 제안에 동의했다. 그런데 후배 회사가 경영이 어려워지자 아예 내가 회사를 인수했다. 미국 유학에서 돌아올 때부터 사업을 할 계획이었는데, 은사님의 권유로 잠시 모교에 몸담고 있었지만 더 이상 미룰 수가 없었다. 회사명도 마음에 들었다. 꿈은 실현된다는 뜻의 'DCT Dreams Come True 글로벌'이었다. 회사를 인수했지만 초보 사업자로서 수업료인지 예상대로 잘 운영되지 않았다. 그러나 크게 염려하지 않았다. 벤처기업이란 것이 무엇인가? 모험이 아닌가? 도전하지 않으면 모험은 없는 법이다. 아놀드 토인비가 일찍이 말하지 않았던가? '인류의 역사는 도전과 응전의 역사'라고.

애플 한국총판 업체로 선정

그 무렵 애플에서 MP3플레이어인 아이팟이 출시되면서 선풍적인 인기를 끌었다. 애플의 한국지사인 애플코리아가 국내 유통을 앞두고 있었다. 애플코리아의 아이팟 한국총판 비딩에 과감히 도전했다. 나는 비딩 프레젠테이션에서 스티브 잡스의 철학을 인용했다.

"아이팟 제품을 파는 것이 아니라 아이팟 문화를 팔겠습니다. 그래서 아이팟을 시대의 아이콘으로 만들겠습니다."

미국에서 박사학위를 받고, 대학에서 강의와 연구를 하던 학자 출신이 스티브 잡스의 경영철학을 인용하면서 총판을 하겠다고 나서니 애플의 눈에도 신선하게 보였던지 총판업체로 선정되었다. 실은 나의 목적은 애플코리아 한국총판이 아니었다. 애플코리아 한국총판을 통해 아이팟 판매뿐만 아니라 향후 아이튠즈 스토어의 로컬화를 대비하기 위함이었다. 그렇게 나는 어떤 사업을 시작할 때는 항상 1단계 목표와 2단계 목표를 구분했다. 1단계는 2단계 사업을 나아가기 위한 발판이지 그 자체가 목적이 아니었다.

아이튠즈 iTunes 는 온라인 음악 재생 목록관리 프로그램이자 플레이어로 아이팟이 없는 사람도 PC에서 이용할 수 있는 음악 관리 서비스다. 아이튠즈를 사용하면 수많은 음악이 태그별로 자동 분류되어 원하는 음악을 빨리 찾을 때 유용했다. 폴더를 일일이 뒤져 원하는 노래를 찾거나 CD를 MP3로 변환하는 수고를 덜어주었다. 아이튠즈에 아이팟을 동기화하면 아이튠즈의 음악이 그대로 아이팟으로 옮겨와 재생되었다.

아이튠즈 스토어 iTunes Store 는 애플이 아이튠즈를 통해 서비스하는 온라인 미디어 판매 서비스다. 2003년 4월, 음악 판매를 시작으로 오디오북, 뮤직 비디오, 영화, TV 프로그램, 아이팟용 게임을 판매하고 팟캐스트를 배포하고 있다. 기프트 카드를 구매하거나 타인에게 선물할 수도 있다. 애플은 아이팟 출시로 디지털 음악재생기 시장의 75%를 장악하면서 마이크로소프트MS 앞에서 침몰직전에 기사회생했다. 폭스바겐 · 아우디 · BMW 등의 신차 30%가 아이팟 대응장치(카 오디오 커넥터, 충전 케이블)를 탑재하였다. 첫 5년간 전 세계적으로 6,000만 개 넘게 판매될 정도로 폭발적인 사랑을 받았다.

마이크로소프트 온라인 총판권도 확보

아이팟은 국내에 출시되자마 선풍적인 인기를 끌었다. 주문 물량을 공급하기 벅찰 정도로 주문이 쇄도했다. 물건이 없어서 못 팔 정도였다. 아이팟 온라인 총판이므로 모든 온라인 쇼핑몰들이 우리와 연결되었다. 주문량이 쇄도하면 직원들과 밤을 지새우기가 일쑤였다. 그 결과 DCT글로벌은 국내 최고의 IT제품 온라인 쇼핑몰 업체로 인정을 받았다. 반면 국내에서 아이튠즈 서비스는 반향을 일으키지 못했다. 아이튠즈라는 개념 자체도 생소했을 뿐 아니라 국내 콘텐츠가 턱없이 부족해 사용하는 사람은 소수였다. 한국인들이 좋아하는 DMB를 지원하지 않으면서 가격마저 높았다.

애플 아이팟 온라인총판에 이어 마이크로소프트MS 온라인 국내 총판권을 확보했다. 세계 최고의 소프트웨어기업인 애플과 마이크로소프트가 모두 나의 사업의 뒷배가 된 것이다. 달리는 말에 날개를 단 격이었다. 애플과 달리 한국마이크로소프트가 아닌 마이크로소프트 미국 본사와 직접 계약을 체결했다.

마이크로소프트 스토어를 통해 윈도우와 MS 오피스를 다운로드 형태로 판매하는 방식이었다. 온라인 한국총판이 동남아시아의 싱가포르, 태국, 대만 등 7개국을 관리하는 것으로 추가협약을 맺었다. 마이크로소프트 스토어 시스템 구축을 완료하고 본격 시판에 나섰다. 아울러 '이제부터 누구나 손쉽게 온라인 다운로드를 통해 윈도우즈 운영체제나 MS오피스를 구입할 수 있다'고 대대적 광고를 했다.

그런데 어찌된 일인지 예상과 달리 판매가 저조했다. 무엇이 문제인지 확인해 보도록 했다. 아뿔싸! 문제는 마이크로소프트 내부에 있었다. 마이크로소프트 미국 본사와 한국 온라인총판권을 계약했더니 한국마이크로소프트가 우리에게 협력을 하지 않는 것이었다. 협력은커녕 오히려 방해를 놓고 있었다. 당시만 해도 관련 소프트웨어를 CD형태로 판매하고 있던 시기였다. 온라인총판이 다운로드형식으로 판매하면 매출상황을 미국 본사가 직접 관리하므로 한국마이크로소프트 매출과는 관련이 없었다.

온라인총판 매출이 올라가면 한국마이크로소트 매출은 감소될 수

밖에 없었다. 따라서 한국마이크로소프트는 용산 전자상가 등을 통해 20%까지 할인해서 판매하고 있었다. 온라인총판은 할인 없이 정가대로 판매하니 경쟁이 되지 않았다. 매출이 발생하지 않으니 회사를 꾸려갈 수 없었다. 결국 마이크로소프트 본사가 손실분 50%를 보전해 주는 것으로 온라인총판 사업을 접고 말았다.

지금 돌아보면 내가 10년 이상을 앞서 간 셈이었다. 지금 같았다면 충분히 대박도 칠 수 있었다. 당시 한국시장뿐만 동남아시아의 6개국 판매권도 내가 확보하고 있었으니 소위 돈방석에도 앉을 뻔했다. 비즈니스에 성공하려면 시장과 최소 두세 걸음 정도 앞서가야 했다. 나는 열 걸음 정도 앞서가다 심한 견제와 돌부리에 걸리고 말았다.

처음 사업을 시작할 때부터 나는 생각했다. 리스크 없는 사업은 없다. 리스크를 두려워해서는 모험을 즐길 수 없다는 것이 나의 경영원칙이었다. 길을 가다보면 돌부리에 발이 채이기도 하고 우산도 없이 비바람을 맞을 수도 있다. 그것이 두렵다면 아예 시작하지 말아야 했다. 나는 과감히 그 모험을 즐기기로 했다. 공자도 즐기는 사람을 이길 수가 없다고 했다.

이번에 내가 선택한 신규 사업 아이템은 교육콘텐츠 시장이었다. 미디어의 발달로 게임, 동영상 등 디지털 매체를 접하는 연령이 점점 낮

경계를 넘나드는 사람 신화를 만들다

아지고 있었다. '교육Education'과 '오락Entertainment'의 합성어로 게임처럼 도전, 몰입, 모험의 특성을 재미 요소로 추가한 학습 프로그램인 에듀테인먼트가 인기를 얻고 있었다. 그래서 교육용 포털사이트를 구상했다. 특히 초등학교 입학 전인 유아기를 대상으로 에듀테인먼트 프로그램을 기획했다. 포털은 브랜드가 중요한데 브랜드가 없으니 더 이상 진도가 나가지 않았다. 브랜드 없는 포털은 무료라도 들어오지 않고, 유료라면 아예 거들떠보지 않는 것이 시장의 생리였다.

국내 최초 애니메이션 영어사전
'헬로 부부토' 제작

브랜드를 직접 만들어보기로 했다. 대기업도 아니므로 넉넉한 자금으로 과감한 투자도 할 수 없었다. IT벤처기업이기에 세상 무서운 줄 모르는 당돌한 용기 하나로 브랜드 만들기에 뛰어들었다. 먼저 애니메이션에 사용할 캐릭터 작업에 들어갔다. 그렇게 만들어진 캐릭터를 갖고 교육용 애니메이션을 만들어 보기로 했다.

애니메이션 전문가를 스카우트했다. 초기 예산을 책정하여 보니 10억 원 정도 소요되는 것으로 나타났다. 본격 작업에 착수했다. 모든 일이 당초 계획대로 되지는 않았다. 시행착오를 겪을 수밖에 없었다. 시간이 지나가고 예산은 점점 늘어만 갔다. 회사 내부에서도 계속 진행 여부를 두고 격심한 토론이 벌어졌다. 나는 "리스크 없는 사업은 없다"며 그대로 강행했다.

초기 예산의 4배인 40억 원을 들여서 '부부토'라는 캐릭터로 국내 최초 애니메이션 딕셔너리(영어사전), '헬로 부부토' 제작에 성공했다. 언어와 그 뜻을 배우기 시작하는 2세에서 6세의 유아들에게 지연스런 이야기와 캐릭터를 통해 쉽고 친근하게 학습할 수 있도록 기획된 유아 영어 교육용 애니메이션이다. 주인공 캐릭터인 부부토는 콩 4남매 중 셋째다. 옷이나 장신구로 치장하지 않는, 심플한 콩의 원형 형태를 갖추고 있다. 마치 솜털을 만지는 듯한 부드러운 질감을 사용해 포근한 이미지의 캐릭터로 완성됐다. 영어 단어 하나를 5분짜리 애니메이션으로 총 100편을 제작하는데 16개월이 넘게 걸렸다.

'헬로! 부부토'는 유아나 어린이들이 주위에 존재하는 것들의 의미를 마음으로부터 먼저 느끼게 하는 것을 감성적인 목표로 삼았다. 그 결과 '헬로! 부부토'는 교육방송 EBS TV를 통해 방영돼 유아 및 어린이 시청자들에게 인기를 끌었다. 또한 국내 영어 교육용 애니메이션 최초로 미국에 수출됐다.

미국의 SOMOS TV가 운영하는 'Semilltas' 채널과 위성방송을 통해

경계를 넘나드는 사람 신화를 만들다

한국산 영어 교육용 애니메이션이 미국의 안방에서 방영돼 미국의 유아가 영어를 배우게 된 것이다. 'Semilltas'는 주로 미국의 비영어권 시청자를 대상으로 하는 방송이다. '헬로! 부부토'의 더빙은 남미권 시청자를 위해 스페인어와 영어로 이뤄졌다. '헬로! 부부토'를 통한 직접수익은 적었지만 부수적 효과는 컸다. '헬로 부부토'가 인기를 얻으면서 벤처기업 지정도 받고, 벤처펀딩도 받았다.

미국시장 이어 중국시장도 진출

당초는 '헬로! 부부토'를 애니메이션 제작과 함께 출판까지 할 계획이었다. 100편의 애니메이션 영어사전을 144권의 유아용 영어사전 전집으로 출판하려고 했다. 애니메이션 제작에 40억 원 정도를 사용하다보니 더 이상 여력이 없었다. 국내는 시장이 되지 않으니 출판권을 중국과 협의하기 위해 중국 시장을 타진해 보았다. 마침 중국의 CCTV와 연결이 되어 우리가 기획을, 중국 CCTV가 제작을 하는 계약을 맺었다. 계약에 따라 우리와 중국 측은 상호 차질 없이 사업을 진행시켰다. 기본 준비과정을 마치고 본격 사업을 앞두고 있을 때였다.

그때 중국에서 권력교체가 있었다. 후진타오에 이어 시진핑이 중국 국가주석에 취임했다. 시진핑이 국가주석이 되자 중국 CCTV 사장이 교체되었다. 사장이 교체된 이후, 중국 CCTV 담당자와 연락이 되지 않았다. 양측이 맺은 계약서도 소용이 없었다. 더 이상 진행이 어려워졌다. 중국 CCTV를 상대로 소송을 제기할 수도 없었다.

중국 CCTV와의 출판전집 발행 사업은 이렇게 끝나고 말았다. 너무나 아쉬웠지만 불가항력이었다. 그래도 나에겐 좋은 경험이었다. 미국 진출에 이어 새롭게 부상하는 최대 시장인 중국시장에 진출했기 때문이었다. 중국 진출의 결과는 실패였지만 국가권력 교체기에 따른 불가피한 측면이 있었다. 작은 벤처기업이 미국시장에 이어 중국시장에도 사실상 진출한 것인데 그것만으로도 대단한 것으로 자부했다.

내가 미국 유학에서 배우고 온 것은 빠른 변화와 적응, 그리도 도전하는 자세였다. 강한 자가 아니라 적응하는 자만이 살아남는다고 했다. 또다시 새로운 도전에 나섰다.

이번엔 국내 통신사의 그룹투자운용사업GID에 뛰어들었다. 이제는 1인 1대 이상 휴대폰을 갖고 있는 시대다. 통신사들은 음성통화 무제한 서비스를 하고 있어 기존의 유선 집전화가 사라지고 있었다. 그래서 스마트폰 기능을 가미한 태블릿PC 인터넷 집전화 사업에 뛰어들었다. 마침 애플의 아이패드가 출시되고 있을 때였다.

미국의 한 통신제품 업체 관계자를 만났다. 전화기 기능이 탑재되고, 스마트폰처럼 다양한 기능들의 앱이 설치되는 태블릿PC형 제품을 갖고 와서 한국시장 영업을 맡아 달라는 것이었다. 애플이나 마이크로소프트를 통해 알고 있는 지인들도 적극적인 부탁을 하였다. 얘기를 들어보니 애플의 아이폰과 같은 통신업계의 혁신적인 제품이라는 판단이 섰다. 집전화의 개념과 용도 자체가 TV시청, 인터넷 라디오, 음악 감상, 카메라, 교육 등 각 서비스를 이용할 수 있는 허브역할로 바뀌고 있었다. 그 무렵 국내 통신사들 또한 스마트폰 형태의 인터넷전화 출시를 준비하며 제2의 인터넷전화 전성기를 노리고 있었다.

미국업체와 에이전트 계약을 맺고, 발이 닳도록 국내 통신 3사를 뛰어 다녔다. 1년 가까이 국내 통신사 담당자를 만나고, 심지어 최고경영자까지 만나서 제품을 설명하고 설득했다. 고진감래라고 KT와 LG유플러스에 각각 200억 원 씩 제품납품 계약을 체결하는데 성공했다. 미국업체와는 매출액의 7%를 수수료로 받는 것으로 계약했다.

그런데 전혀 예상하지 못한 황당한 일이 벌어졌다. 통신제품 미국 업체가 제품공급을 못하겠다는 것이었다. 계약을 파기하면 미국 업체 또한 소송에 휘말릴 상황이었다. 그 이유를 물었더니 미국의 대형 통신장비업체인 시스코와 독점계약을 했다는 것이었다. 미국 시장이 크니까 400억 한국시장은 버려도 좋다는 입장이었다.

성공은 실패학에서 싹 튼다

내가 미국업체와 에이전트 계약을 맺을 때의 목적은 단순히 하드웨어 제품납품만이 아니었다. 제품 납품 후, 그와 관련된 소프트웨어나 콘텐츠를 갖고 메인 콘텐츠제공자로의 역할을 할 수 있는 좋은 기회라고 생각했다. 집전화에 대한 인식과 기능이 바뀌는 계기가 되고 보안기능과 TV, 음악청취, 교육 등 서비스 제공을 통해 다양한 수익 모델을 찾을 수 있을 것으로 판단했다. 무엇보다 전화선이 한 번 깔리면 특별한 사정이 없는 한 계속 가는 것이므로 무궁무진한 사업이라고 판단했다. 그래서 1년 가까이 올인All-In을 했는데 너무나 어이없었다.

하루아침에 1년여 동안 땀 흘린 고생이 모두 날아가 버렸다. 준비했던 미래사업도 물거품이 되고 말았다. 이제 엎질러진 사태를 수습해야 했다. 모든 비즈니스가 매번 성사될 수 없는 법이다. 나는 내가 관련된 사업이나 관여한 일의 경우, 그냥 흐지부지 처리하는 법이 없다. 성공적으로 끝난 것은 물론이고, 다소 차질이 생겨 성공에 이르지 못했던 것이라도 뒷마무리는 깔끔하게 마무리했다. 그렇게 해야 양측 모두가 손해라는 생각이 들지 않아 후일을 도모할 수 있다.

이번에도 내가 직접 나서는 수밖에 없었다. 다시 직접 통신사 담당자를 일일이 찾아다니며 정중히 사과를 했다. 그간의 사정을 상세히 설명하니 통신사들도 이해하여 주었다. 그래서 계약파기에 따른 소송 제기도 없이 잘 마무리 될 수 있었다. 난 또 한 번의 좋은 공부를 했고, 수업료를 냈다고 생각하니 아쉬울 것이 없었다. 다만 에이전트 계약을 맺을 때, 부수적으로 사이닝 머니Signing Money 계약을 하지 않은 점이 실수였다. 나는 이렇게 더 큰 성공을 향한 또 하나의 작은 실패학을 쌓고 있었다. 성공은 실패학에서 싹 트지 않는가.

고향으로 돌아와
환동해 바닷길 개척에 나서다

미국 유학에서 돌아와 숨 가쁘게 달려왔다. 모교인 연세대에서 3년여 동안 후배들에게 외국에서 배운 지식과 경험을 전수했다. 그리고 그동안 쌓아온 지식과 경험, 네트워크만 갖고 직접 사업현장에 뛰어들었다. 나의 꿈을 향해 좌충우돌하면서도 흔들림 없이 앞만 보고 달렸다. 그 사이 성공도 있었고 실패도 있었다. 그러다보니 강산도 변한다는 10년이란 세월이 흘렀다. 2보 전진을 향한 1보 후퇴라고 할까, 잠시 숨고르기가 필요한 시점이었다.

오랜만에 포항 본가를 찾았다. 호미곶 해맞이 광장에서 짙푸른 동해 바다를 바라보았다. 호미곶은 한반도에서 해가 가장 일찍 떠오르는 곳

경계를 넘나드는 사람 신화를 만들다

나는 종종 호미곶을 찾아 끝없이 펼쳐진 수평선을 바라보며 마음을 새롭게 가다듬곤 한다.

이다. 저 멀리 바다 끝에 수평선이 잔잔하게 펼쳐져 있다. 잔잔한 수평선 같지만, 그 아래에선 물의 핏줄들이, 깊이 모를 수심들이 요동치고 있을 것이다. 두 분 모두 돌아가셨지만 아버지와 어머니의 삶도 출렁이는 인생의 파도를 다 겪어내면서 잔잔한 수평선을 만들어냈을 것이다. 이처럼 세상의 모든 것은 끝과 끝이 맞닿은 수평선이고, 수평선은 출렁이며 끝없이 수평선을 낳으리라.

고향에서는 형님이 아버지의 유업을 물려받아 경영하고 있었다. 내가 고등학교 3학년으로 대입학력고사를 두 달여 앞두고 있고, 형님은 대학교 4학년 2학기 때 아버지가 돌아가셨다.

아버지 유업인 일신해운에 부사장으로 합류

이듬해 형님은 대학교를 졸업하자마자 20대 젊은 나이에 아버지가 운영하시던 회사를 물려받았다. 사명도 아버지가 경영하실 때의 '일신기업'에서 '일신해운'으로 변경했다. 그 후 형님은 30년 가까이 회사를 경영하시며 국내 굴지의 해운물류업체로 성장시켰다. 최근에는 한국해운조합의 화물선업종 부회장으로 선출되셨다. 내가 포항 본가를 찾았을 때, 형님은 회사의 신사업 수익 다변화를 꾀하며 해외진출을 준비하고 있었다. 형님이 조용히 나를 불렀다.

"충운아! 너의 글로벌 능력과 네트워크를 이제 아버지의 유업을 한 단계 도약시키는 데 사용하는 것이 어떻겠냐. 너와 내가 힘을 합치면 못할 것이 무엇이 있겠냐?"

형님은 회사가 글로벌 해운업체로 한 단계 도약하려면 나의 도움이 절실하다며 함께 하자고 제안을 했다. 형님이 물려받은 아버지의 유업은 아버지 때의 수산업체가 아니었다. 포항지역을 대표하는 어엿한 해운업체로 성장해 있었고, 이제 해외진출을 준비하고 있었다. 당시는 집사람이 미국 유학중인 아들 녀석들 뒷바라지를 하고 있어 기러기로 지낼 때였다.

누구에게나 고향은 그리움이다. 거친 파도를 헤치고 세찬 물살을 거슬러 고향을 찾아온 연어의 회귀본능은 어떤 그리움보다 뜨겁다. 봄에 모천을 떠난 새끼연어는 짧게는 3년 길게는 6년이 지나 어머니 강으로 되돌아온다. 나의 마음 속 깊은 곳에서 연어가 한 마리 꿈틀되고 있었던 모양이었다. 형님의 제안을 두 번 생각하지 않고 받아들였다. 중학교 3학년 때 서울로 전학 간 이후, 30여년 만에 다시 고향 어머니의 품으로 돌아왔다.

나는 형님이 운영하는 일신해운의 부사장으로 합류했다. 일신해운의 전략기획 및 신규 사업 부문을 맡았다. 먼저 시급한 베트남 진출 프로젝트를 본격적으로 추진했다. IT벤처기업에 뛰어드는 것이 맨땅에 헤딩하는 것이라면 형님과 함께 일하는 것은 그동안 형님이 굳건히 쌓아온 기반 위에서 하는 것이라 한결 수월했다. 해외진출 프로젝트는 현지시장을 면밀히 분석하는 등 차질 없이 진행했다. 베트남 법인은 현지화 전략에 속도를 내면서 빠르게 베트남 연착륙에 성공했다.

해양·수산 발전 기여로 국무총리 표창 수상

일신해운은 철강연료와 철강제품 운송 등을 수행하고 있는 포스코 협력업체로서 포항의 대표적인 향토 해운업체다. 나는 형님과 함께 일신해운이 포스코 협력업체에서 글로벌 해운업체로 한 단계 도약하는 데 작은 힘을 보탰다. 2018년 6월에는 제23회 바다의 날 기념 유공자 포상식에서 해양·수산 발전에 기여한 공로를 인정받아 국무총리 표창을 수상했다.

국내 최초로 환경 친화적인 LNG 연료추진 선박을 국내 조선소인 현대미포조선에서 건조, 연안운송 두입 등 융·복합을 통해 해운 산업 발전을 선도한 공로를 인정받았다. 게다가 철강제품 선화주 협력, 안전한 해상운송 등 철강산업 상생발전과 협력 구축에도 기여했다는 과분한 칭찬도 들었다. 한편 바다의 날은 1996년 시작돼 매년 5월 31일 국민에게 바다 중요성을 알리고 해양수산인의 자긍심을 높이기 위해 지정된 국가 기념일이다.

고향인 포항에서 형님과 같이 일하다보니, 지역정가 사람들을 만날 기회가 많았다. 지방선거를 앞두고 있을 때 지역선배들의 요청으로 선거에 잠시 관여하게 되었다. 포항현지 기업인으로서 경제정책 입안 과정에 자문을 했다. 사실 고향인 포항으로 내려올 때부터 고향 발전을 위해 할 수 있는 일이 무엇일까 고민했다.

육지와 해양문화가 어우러진 천혜의 자연환경을 갖춘 포항의 장점을 살릴 수 있는 방안을 고민했다. 영일만항을 보유하고 있어 바닷길이

2018년 6월 제23회 바다의 날 기념 유공자 포상식에서 국무총리 표창을 수상했다. 이날 시상을 한 당시 김영춘 해수부 장관과 기념사진.

국제사회와 연결된다면 해외교류의 강점도 눈에 들어왔다. 물류가 모이면 자연스럽게 교역은 활발해지는 만큼 영일만 배후단지에 대규모 물류센터를 조성하는 방법도 떠올랐다.

　최근 들어 환동해의 가치가 급부상하고 있다. 때마침 우리 정부의 신북방정책과 신남방정책의 교차점이 포항이다. 포항중심의 환동해시대가 열린다는 길조라는 생각이 들었다. 동해를 접한 국내 어떤 도시도 포항만한 이점을 갖추지 못했다. 4차 산업을 주도할 IT기반 과학기술과 교육기관이 충분하고, 여기에 방사광가속기센터와 지능로봇융합센터 그리고 세계적인 철강기업 포스코가 있어 환동해권 국제 지역 어디

와도 투자와 기술교류가 가능했다. 또 국제 지정학적 여건과 문화, 항만, 산업기반을 가진 포항은 환동해시대 국제중심도시로서 최적의 여건을 갖추었다. 세계를 무대로 교역과 교류가 빈번한 국제도시로 성장할 수 있는 충분한 잠재력을 갖추었다는 것은 포항만이 가질 수 있는 최대 장점이자 핵심가치이다. 이러한 포항의 매력을 앞세운다면 이념과 국적을 초월한 다양한 사람들이 포항으로 모여들게 될 것이다.

환동해 전문 민간종합연구원
환동해연구원 설립

문제는 환동해의 국제관계가 정치메커니즘으로 작동하는 불확실성을 내재하고 있다는 점이다. 그런 만큼 국가 간 경계나 정치적 이념에서 자유로운 민간주도의 교역시스템이 필요하다. 이를 위한 전제가 환동해권 국제 지역에 대한 정치, 경제, 사회, 문화, 지리 등의 면밀한 학제적 토대연구이다. 그래서 고민에 고민을 거듭한 끝에 국내 처음으로 환동해 전문 민간종합연구원인 환동해연구원을 설립했다.

환동해연구원은 앞으로 포항의 미래먹거리를 발굴하고, 유니콘 같은 벤처기업을 육성하는데 있어서 민과 관의 가교역할을 하는 데 역점을 둘 방침이다. 이를 위해 환동해연구원 초대 이사장으로 윤여준 전 환

2019년 7월 국내 유일의 환동해 국제지역 전문 민간종합연구기관인 환동해연구원을 개원하고 초대 원장을 맡았다.

경부장관을 초빙하고 내가 원장을 맡았다. 전문위원으로는 홍용표 전 통일부장관을 비롯해 20여 명의 국내 유명대학 교수를 영입했다. 특히 포항지역의 한동대와 위덕대 교수들이 전문위원 및 연구위원으로 포함되는 등 민간종합연구기관으로서 위상도 갖췄다는 평을 받고 있다.

지금 환동해는 한치 앞을 내다볼 수 없을 만큼 국제정세가 어지럽다. 국가 간 이해충돌로 불확실성은 더욱 높아지고 있다. 그만큼 이 지역에서의 교역은 정치적 충돌로 제재가 발동할 수도 있다. 하지만 민간이 교역을 주도한다면 상대적으로 자유로울 수 있는 곳이다. 2020년부터 국제크루즈 부두가 운영되기 때문에 포항을 모항으로 하는 일본과 러시아와의 크루즈 산업도 포항으로서는 매력적이고 고부가가치 산업으로 떠오를 수 있다. 정부가 주도한다면 러시아 일본 모두 국가 간 이해관계가 달라서 쉽지가 않다. 하지만 민간 주도로 지방도시를 엮는다면 할 수 있는 여지가 분명히 있다.

이를 위해 우리나라 포항을 중심으로 일본과 중국, 러시아 등 환동해권 국가들의 지방자치단체가 핵심이 되는 민간경제공동체를 건설하는 것이다. 이른바 환동해를 접한 국가의 주요도시를 중심으로 민간기입 협의체인 '환동해경제공동체'를 구성하는 것이다. 국가가 경제자유협정을 맺듯이, 민간 주도로 자치도시와 기업체들이 자발적으로 참여하는 환동해경제공동체를 만드는 것이다.

바닷길이 개설되면 사람들은 모이게 되어 있다. 사람들이 모여 물류시장이 형성되면 포항은 자연스럽게 환동해시장의 물류허브가 되는 구조다. 러시아와 일본 사람들이 자유롭게 오고 가는 국제도시 포항을 만드는 것이다. 그렇게 되면 포항은 바닷길을 통해서 국제도시로 거듭나게 된다. 포항은 현재 다른 도시에 비해 제조업이 너무 강하다. 제조업 비율이 50% 정도다.

그중 80%는 철강분야에 집중되어 있다. 이런 산업구조로는 더 이상 포항의 미래는 밝지 않다. 하루라도 빨리 산업구조 재편을 해야 한다. 포스텍(포항공대)을 비롯하여 방사광가속기센터와 지능로봇융합센터

환동해연구원 개원식에서 '민간주도 환동해경제공동체 구성의 실효
성과 포항의 국제도시 성장 가능성'이란 주제로 기조발제를 했다.

등 연구 인프라는 다른 어느 도시보다 풍부하다. 이런 도시가 별로 없
다. 이를 통해 포항에 글로벌벤처밸리를 조성하는 것이다. 글로벌벤처
밸리가 조성되어 세계의 수많은 벤처기업들이 포항에서 창업을 하도
록 하면 포항의 미래 먹거리는 해결된다.

포항은 다른 어느 도시보다 국제경제 및 교류도시로 발전하는데 필
요한 인프라를 갖추고 있다. 문제는 구슬이 서 말이라도 꿰어야 보배
다. 만약 포항시가 일본이나 러시아의 주요기업 한 곳을 우선 유치해
포항 지역기업들과 매칭을 시키면 마중물이 되어 제2, 제3 포항신화
가 만들어 질 수 있다. 관과 달리 민의 힘이 중요한 이유가 여기에 있
다. 환동해경제공동체 구성의 일환으로 2019년 12월, 서울에서 열린
'제43회 세계삼보선수권대회 성공개최 기념식'에서 안드레이 쿨릭 주
한 러시아 대사를 만나 포항이 환동해 중심도시로서의 성장 잠재력이

충분한 점을 강조하고 환동해 국제크루즈 삼각벨트 사업 등 포항을 중심으로 한 구체적인 경제협력강화 방안에 대해 논의했다. 안드레이 쿨릭 주한 러시아 대사 또한 "철강산업을 바탕으로 구축된 포항의 첨단 R&D 기반에 주목하고 있다"면서 "앞으로 상호교류를 확대해 경제, 물류, 관광 등 전 분야에 걸쳐 민간중심의 국제협력체계를 공동으로 발전시켜 나가고 싶다"고 말했다.

150년 전 우리만 몰랐던 환동해의 가치가 이제 아시아 열강들에 의해 새로운 차원에서 해석되고 있다. 길은 처음부터 존재했던 것이 아니다. 바다는 가려고 하는 자에게만 길을 내어 준다. 포항에 새로운 신화가 탄생한다면 그것은 환동해 바닷길을 통해 만들어 질 것이다. 내가 환동해연구원을 통해 지향하고 꿈꾸고 있는 포항의 가까운 미래다.

항상 포항의 냄새를 기억하다

바다로 나간 연어가 민물로 돌아오듯이 고향을 떠난 지 30년 만에 고향으로 돌아왔다. 고향을 떠날 때부터 내가 뭔가를 할 수 있을 시기에 반드시 고향으로 돌아올 생각이었다. 아버지와 어머니의 사랑 속에 태어나고 자란 고향에서 연어처럼 바다에서 얻은 힘과 지혜를 모천에 풀어 놓아 나를 낳고 키워준 고향에 빚을 갚고 싶었다. 미국 유학생활 7

년을 비롯해 서울에서 30년 가까운 세월을 보냈지만 문충운이라는 내이름 석 자와 몸짓, 말투에는 바다 내음 물씬 풍기는 포항의 향기가 스며들어 있었다. 모천의 냄새를 기억하지 못한 연어는 회귀하지 못하는 것처럼 나는 항상 고향인 포항의 냄새를 기억하고 있었다.

연어가 민물로 돌아온 까닭은 꿈이 있기 때문이다. 포항을 떠날 때 품었던 꿈을 고향을 떠난 지 30년, 그리고 다시 고향에 돌아온 지 10년 만에 그 꿈을 실현하고 싶었다. '나는 포항사람'이라고 자랑스럽게 말하며 당당한 포항을 만들고 싶은 꿈, 그리고 포항을 환동해시대의 중심도시로 우뚝 세워보고 싶은 그런 꿈 말이다.

연어는 사나운 물살을 거슬러 오르고 수차례 높은 폭포를 뛰어 넘어 민물로 돌아왔다. 나도 한 마리 연어가 되어 어머니의 강을 정의롭고 풍요롭게 일구기 위해 포항의 여러 여울들 사이를 헤엄치고 있다. 어머니 강의 친구들과 함께 신바람 나게 뛰고 소통하면서 내 고향 포항을 풍요롭게 만드는 것이 연어를 품은 내 몸의 유전자가 나에게 내린 명령이다.

경계를 넘나드는 사람
신 화 를 만 들 다

2장

환동해시대
대한민국 미래를 여는 길

삶과 일과 놀이와 상상의
공간으로서 바다와 항만은
인류의 역사와 함께 발전하고
변모해 왔다. 해양 활동은 시간과
지역에 따라 여러 모습으로 다양성을
포함하는 문화의 형태로 발전해 왔다.

한반도의 운명과
환동해 시대

『역사의 종언』을 저술한 미국의 정치경제학자 프란시스 후쿠야마는 민주주의와 자유경제가 승리함으로써 사회제도의 발전이 종결되어 사회의 평화와 자유와 안정이 계속 유지된다고 주장한다. 민주주의가 정치체제의 최종 형태이며, 안정된 체제가 구축되기 때문에 이를 파괴할 수 있는 전쟁이나 쿠데타 같은 '역사적 사건'이 더 이상 발생하지 않는 상황을 '역사의 종언'으로 부른다.

여기서 '역사'란 변증법적 이념 투쟁의 과정이며, 현상론적으로는 역사적 사건에 의한 정체(국가, 왕조 등 통치조직)의 흥망성쇠를 말한다. 역사란 국가와 정체가 성립하고 발전하고 붕괴하는 과정으로 그것이 더 이상 일어나지 않으니 역사가 끝났다는 것이다. 커다란 흐름으로 볼 때 유효한 주장일지 몰라도 한반도와 같은 상황에서는 아직 때 이른 견해다.

석기 시대부터 21세기 현재에 이르기까지의 인류 진화의 역사에 대한 정리로 일약 유명세를 타고 있는 이스라엘 젊은 역사학자 유발 하라리는 호모 사피엔스에서 호모 데우스로 넘어가는 과정에서 '데이터교'라는 신흥 종교의 출현을 제시했다. 호모 사피엔스가 다수의 타인들과 함께 융통성 있게 협업할 수 있었기에 세계를 지배할 수 있었다고 보고, 이렇게 협업할 수 있었던 이유는 이들이 신, 국가, 화폐, 인권 등과 같이 인류의 상상 속에 순수하게 내재된 가치와 존재를 굳건히 믿을 수 있는 특별한 능력을 지녔기 때문이라고 밝힌다. 하라리는 인류의 이러한 방대한 규모의 협업 체계(종교, 정치 구조, 산업구조 및 법체계 등)가 궁극적으로 허구에 근거한다고 전제하면서, 오늘날 인류가 신에 범접할 정도로 발전하는 단계에 이르러 빅 데이터를 마음대로 주무르는 '슈퍼인류'의 등장이 예상된다고 주장한다.

한반도는 대륙세력과 해양세력의 이해관계가 서로 맞부딪치는 지정학적 요충지로서, 역사적으로 끊임없이 이 두 세력들이 패권경쟁을 벌여온 곳이다. 코리아는 전통적으로 중국에 속해 있었지만 해양세력인 일본은 대륙으로의 진출을 위해 코리아를 넘고자 했다. 19세기에는 영

경계를 넘나드는 사람 신화를 만들다

국이, 20세기에는 미국이 일본의 동맹으로 등장해 중국의 세력 확장을 견제해 왔다. 코리아는 자국의 논리가 아니라 주변 강대국들의 어깨 위에서 자신의 역사를 바라볼 수밖에 없는 숙명을 안고 있다. 열강들 시각에서 한반도 역사를 재조명할 때 악순환의 원인과 과정을 냉철하고 정확하게 분석할 수 있다는 것이다. (배기찬, 『코리아 다시 생존의 기로에 서다』 참고)

21세기를 문화의 시대라 하며, 인간의 삶의 모든 현장에서 문화가 중요시되고 있다. 모든 활동에서 문화중심적인 사고와 문화를 통한 그리고 문화의 정립을 위한 활동과 전략들이 중요시 되고 있다. 특히 해양문화는 주민의 삶의 질을 높이며 동시에 경제적 가치로서 문화, 관광, 환경의 질을 제고하여 국민 경제에 기여하는 부분이 크다. 삶과 일과 놀이와 상상의 공간으로서 바다와 항만은 인류의 역사와 함께 발전하고 변모해 왔다. 해양 활동은 시간과 지역에 따라 여러 모습으로 다양성을 포함하는 문화의 형태로 발전해 왔다.

이런 의미에서 바다와 섬과 항만은 인간의 삶의 터전이며 경제 활동의 근원인 동시에 자연과 소통하는 공간이다. 바다는 미지 세계에 대한 인간의 동경과 도전의 이미지로 다가오며, 항만은 인간이 살고 있는 육지와 바다를 이어주는 연결점인 것이다. 국내 유일 환동해 지역 국제 전문 민간종합연구기관 환동해연구원은 특화된 전문영역에서 국가 제도나 관습으로부터 벗어나 자유로운 체제에서 연구를 수행하고 있다. 환동해 국제 지역에 대한 토대 연구를 완성하는 것을 비전으로 삼아 다양한 분야의 연구 결과물이 환동해 국제관계에서 실제 교역과 교류를 여는 단초가 될 수 있도록 실용적 연구에 가치를 두고 있다. 환동해시대를 주도해 가기 위해서는 시대정신과 글로벌 안목을 가진 국제 지역의 분야별 전문가가 길러져야 가능하다.

교역과 교류의 중심에는 문화와 정서가 상이한 사람이 있다. 이 문화적 충돌과 정서적 이질감을 완화시키고 교류로 이끌 전문인력이 필요하다. 환동해를 접한 국제 지역을 중심으로 민간기업 협의체인 '환동해 경제공동체'를 발족시키고, 나아가 이념을 초월하는 '상반상성相反相成'의 공동체 메커니즘을 완성하는 것을 궁극의 목표로 삼고 있다.

경계를 넘나드는 사람 신화를 만들다

2019년도 달력이 두 장 남았다. 일본이 한국에 전략 물자 등을 수출할 때 정부 허가를 받도록 하는 조치를 발동한 지 석 달이 지났다. 환동해연구원은 내부 토론과 연구를 통해 일본의 조치가 초래할 여파에 대해 매우 우려하며 조속히 이를 철폐해야 한다는 입장이다. 전략 물자라 함은 재래식 무기, 대량 파괴무기 및 그 운반 수단인 미사일과 이들의 제조, 개발, 사용 또는 보관 등의 용도로 전용될 수 있는 군용 및 산업용 물품과 기술을 말하며, 세계 주요 선진국들은 이를 대상으로 수출통제 제도를 운영하고 있다.

일본은 4대 국제수출통제체제에서 합의한 품목을 반영하여 전략물자로 총 1120개 품목을 지정했다. 비전략 물자라도 일본 정부가 허가를 받도록 통보하거나, 대량 살상무기 등에 활용될 것을 수출기업이 인지한 경우에는 통제 대상에 해당된다. 산업통상자원부에 의하면 4대 수출통제 체제는 다음과 같다.

코콤 붕괴 이후 재래식 무기 및 무기제조에 사용될 수 있는 산업용 물자가 분쟁다발지역, 테러지원국으로 수출되는 것을 방지하기 위해 발족한 바세나르체제Wassenaar Arrangement, 핵관련 기자재를 공급할 수 있는 능력을 갖춘 국가들이 수출통제 가이드라인을 통해 핵무기 비확산에 기여하기 위한 핵공급그룹Nuclear Suppliers Group, 대량파괴무기 운반시스템의 수출통제를 통해 무기 확산을 방지하고, 테러 조직과 테러리스트의 무기 획득 가능성 차단을 목적으로 하는 미사일기술통제체제Missile Technology Control Regime, 생화학 무기의 원료물질 및 이의 제조에 사용 가능한 장비와 설비에 대한 수출 통제를 통해 생화학 무기 비확산에 기여하기 위한 오스트레일리아그룹Australia Group이다.

일본은 4대 국제수출 통제체제와 3개 조약(NPT, CWC, BWC)에 가입하고 있고 캐치올 통제 도입 여부를 요건으로 화이트국가를 선정, 관리하고 있다. 종래에는 한국을 포함하여 27개국이 화이트 국가였는데 한국이 제외된 것이다. 화이트 국가에 대한 수출 허가는 제출 서류, 심사기간 등에서 완화된 기준 적용하면서 품목별 민감도 및 수출 지역을

경계를 넘나드는 사람 신화를 만들다

고려하여 개별 허가, 포괄 허가, 캐치올 허가 등으로 차등 적용해 오고 있다. 포괄 허가는 개별 허가 대비 간소화된 심사기준을 적용하여 수출 기업들에 유리하다. 캐치올 허가는 개별 허가와 유사하며 다만 비전략 물자를 대상으로 하는 점에서 차이가 있다. 일본에서는 캐치올 허가를 특별히 구분하지 않고 개별 허가로 통칭해 왔다.

일본이 한국에 내린 수출규제는 무역장벽을 실질적으로 감축하고 차별적 대우를 철폐하고자 하는 WTO/GATT 원칙에 정면으로 위배되는 조치로서 특정 국가를 대상으로 하지 않으며 선량한 의도의 민간 거래를 저해하지 않아야 한다는 바세나르체제의 기본 원칙에도 부합하지 않고 유수의 해외 언론들도 글로벌 공급망에 미치는 부정적 영향을 우려한다는 견해를 밝히고 있다. 한국은 4대 국제 수출통제체제의 캐치올 통제 도입 권고 지침을 모두 채택하고 있으며, 대외무역법, 전략물자 수출입 고시를 통해 재래식무기 캐치올 통제에 대한 제도적 틀을 완비하고 재래식 무기 캐치올 통제운영실적까지 보유하는 등 재래식 무기 캐치올 제도를 도입하지 않은 국가도 일본 화이트리스트에 존재하고 있는데도 한국만 차별대우를 하는 것은 부당하다.

동북아지역 정세 변화 속에서 환동해연구원은 현대 대한민국이 처한 외교적 상황을 면밀히 분석하면서 우리나라가 나아갈 국가 전략 마련에 국내외 전문가들의 지혜를 모으는 작업을 하고 있다. 지속가능한 발전을 통해 환동해 중심 도시로 성장해 가기 위해서는 기존 방식과 인력으로는 한계가 있다. 삼권 분립 원칙을 위한 국가 정비 노력과 함께 외교, 경제, 문화, 예술 등 모든 분야에서 전문가들이 지혜를 발휘해서 국가를 이끌어 가야 한다. 외교는 외교전문가에게 맡겨야 한다. 이들 전문가들은 강한 책임감 위에서 시시각각 움직이는 국제 정세에 대한 분석력을 더욱 강화해야 한다.

경계를 넘나드는 사람 신화를 만들다

강대국 패권경쟁과
민간교류 확대

명저 『강대국의 흥망』 저자 폴 케네디 교수는 다음과 같이 중국의 부상을 경계했다. "중국은 자국의 부상에 대한 반동으로 생기는 견제와 균형에 관한 이야기는 드러내 놓고 싫어한다. 대신 화평굴기peaceful rise 라는 말을 좋아한다. 그런데 인도양에서 호주, 인도가 안보협력을 강화하면서 중국을 견제하기 위함이라고 공공연히 밝혀도 중국은 별로 신경을 안 쓴다.

그러면서 동아시아 지역에서는 더 예민하고 소유욕이 강한 것처럼 보인다. 여기에서 우리는 대중국 외교정책 및 전략에 대한 두 가지 결론을 내릴 수 있다. 중국의 인근 국가들은 외교정책에서 신중하면서 동시에 중국의 행동과 중국이 보내는 신호에 대해 더욱 신경 써야 한다"는 것이다. 미국 전 국무장관 헨리 키신저는 자신의 저서에서 영국 외교관 에어 크로의 역사적 일화를 소개했다. "주권국가가 자위를 목적으로 군사력을 키우는 데 반대할 수 없다.

하지만 영국도 국익을 지켜야 하니 독일의 그러한 군사력 증강이 독일의 평화적 국력의 자연스러운 결과인지, 아니면 적대적인 태도의 발로인지를 밝히라고 요구할 권리가 있다." 키신저가 중국에 대한 책을 마무리하면서 이 말을 인용한 건 시사적이다. 미국 및 중국의 이웃 국가들은 중국의 평화적 경제 발전과 그에 상응하는 중국의 부상을 거부할 수 없으나 중국의 행동이 점점 더 변덕스러워지고 적대적이 된다면 대응조치를 취할 권리가 있다는 얘기다. (중앙일보, 2012. 9. 29, 특별 대담 기사 참고)

미국의 대중국 정책 변환과 새로운 냉전의 시작 가능성에 대해 아주대학교 김흥규 교수는 '미국 전략 현재의 미중 간 무역 전쟁은 단순한 경제적 분쟁이 아니며, 단기적이기보다는 보다 중장기적인 지속 기간을 가질 것으로 보인다.

그 이유는 현 미중 분쟁이 단순히 트럼프 변수라기보다는 보다 구조적인 미중 간의 전략경쟁과 결부되어 있고, 미국의 대중 전문가들을

　　　　　　　　　경계를 넘나드는 사람 신화를 만들다

포함한 미국 사회 전반의 분위기에 부응하고 있기 때문'이라고 분석했다. (한국국제정치학회 국제정치논총 제3호 2018년 9월 참고)

세계 최강대국 미중 간에 벌어지고 있는 신 냉전은 기존 체제와 같이 전쟁에 의한 절멸의 가능성을 내포한 경쟁이 아니라 경제가 주 전장이 될 개연성이 크다. 그 기간도 단기간이 될 것이다. 결국 어느 국가가 더 내구력을 가지고 있는가에 달려 있는 것이다. 미중 전략 경쟁이 심화될수록 해양과 대륙 사이에 끼어 있고, 안보는 미국에, 경제는 중국에 크게 의존하고 있는 한국에게는 일단 엄청난 외교 안보적 부담으로 작용할 것이다. 신 냉전체제의 형태가 보다 명확하게 될수록 의존형 노출이 심한 한국은 선택의 압력에 더욱 크게 직면할 것으로 전망된다.

대외경제정책연구원에 따르면, 푸틴 집권 4기를 맞은 러시아는 극동지역이 보유하고 있는 전략적 가치와 중요성을 적극 활용함과 동시에 한국의 미래 경제성장 동력 확보에 도움을 줄 수 있는 협력 분야를 발굴하는 데 집중적인 노력을 기울일 것으로 보인다. 나진 하산 프로젝트의 재개 여부와 세부적 협력방안에 대한 검토 작업과 동시에 사업 추진 계획이 요구되고 있는 실정이다. 향후 나진항과 연계하여 패키지 (항만 배후 산업단지, 물류 클러스터, 크루즈 관광 등) 개발 프로젝트를 진행함으로써 러시아를 포함한 남북 협력의 범위와 규모의 확장 가능성이 높아지고 있다. 북한의 비핵화 진전과 대북제재의 완화 가능성을 전제로 한다면 개성공단과 나선경제특구에 한국과 러시아 기업들 합작 진출, 극동지역 개발 프로젝트에 남북, 러시아 공동 참여, 선도개발구역과 블라디보스토크 자유항 등 극동 경제특구에 진출하려는 한국기업의 북한 인력 활용 등 환동해 경제권에 속한 민간 기업들의 교류와 협력을 확대할 필요가 있다.

한국은 러시아와 중앙 정부와 협력뿐 아니라 지방 정부간 협력을 증진해 나가는 것이 중요하다. 이는 상호간 협력의 지속가능성과 효율성 확보 차원에서 매우 중요한 작업이며, 동시에 이 분야 협력은 중앙 정부 차원에서 진행되는 사업들과는 본질적으로 차별화된다는 장점이 있다. 극한적인 이념 갈등으로 파탄에 이른 우리 경제를 살릴 수 있는 대안이 환동해 경제권 기업들의 민간 교류 네트워크 구축이다.

지금은 국민적 성찰이
요구되는 시점

'빈대 잡으려다 초가 삼 간 다 태운다'는 속담이 있다. 작은 것을 해결하려다 어이없게도 중요한 것을 그르친다는 의미가 담겨 있다. '교각살우'라는 사자성어가 같은 뜻일 수 있다. 소의 뿔을 교정 하려다가 소를 잡는다는 말이다. 비슷한 상황에 쓰일 수 있는 말이 '구더기 무서워 장 못 담근다'는 말이 아닐까. 본질을 간과하여 지엽적인 것에 얽매인다는 것이다. 구더기가 징그럽고 더럽지만 그래도 모든 음식의 근간이 되는 된장은 담가야 한다.

경상도 지방에서 자주 들은 속담은 조금 관점을 달리 한다. '초가삼 간을 다 태워도 빈대 죽는 것 속 시원하다'는 말이다. 없는 살림에 가진 것의 전부일 수도 있는 주거 근원을 실화로 태워 날리게 되는 상황에서 겨우 목숨만 건져 나와서 타 들어가는 초가지붕을 바라보며 문득 떠 올린 것이 빈대가 타 죽겠구나 하는 일말의 카타르시스 효과이다. 극단적인 불행 상황 속에서도 해학과 골계를 떠올리는 우리 민족의 재난 극복의 DNA일 지도 모르겠다.

'빈대'와 '초가'라는 키워드는 같지만 위의 두 가지 속담에는 근본적인 차이가 있다. 빈대를 잡으려는 계획적 동기가 처음부터 있었느냐, 어이없는 실화로 재산의 마지막 보루인 집을 날리게 되었느냐 하는 것은 차이가 크다. 빈대는 이나 벼룩과 함께 가난했던 시절 시민들의 삶을 지긋지긋하게 괴롭히던 상징적인 존재다. 기생충이라는 영화가 최근 상영되었는데 빈대는 단연 그 대표 급이다.

요즘 우리 사회에서 목격하게 되는 현상들 중에서 본말이 전도된 경우에 이 속담이 자주 떠오른다. 법무장관 청문회를 앞두고 여야 각 진영이 거의 사활을 건 각축전을 벌이고 있다. 밀리면 죽는다는 각오로 가히 내전을 방불케 하는 촌극을 국민들에게 펼쳐 보이고 있다. 법무장관이란 우리나라의 법조계를 진두지휘하여 이 땅의 정의를 실현하는 선봉장이다. 법이란 모든 사람 앞에서 공정하고 평등하게 적용되어야 한다. 그런 자리는 한시도 비워 놓을 수 없는 최고 중요 관직 중의 하나이다. 그 사람의 능력이나 소신은 모르겠고 자식이 왜 불공정하게 장학금을 받고 남들은 쳐다보지도 못하는 학교를 시험 한 번 안 보고 들어갔느냐 하는 것이 초미의 관심사다. 여기서 '초가'는 사법최고의 수장 공백이 초래할 대한민국의 정의 구현이 될 것이며 '빈대'는 한 인간의 가족 전부를 몰살에 가까운 상태로까지 몰아붙이는 과정에서 풀리게 될 개인적인 직성과 분노, 그리고 쾌감의 발산이다.

대일 무역 전쟁에 있어서도 상황은 비슷하다. 한쪽에서는 무조건 일본 제품 안사고, 일본 여행 안 가겠다며 목소리를 높이고 있고, 반대편에서는 '아베 수상님'께 머리를 조아려 사죄하고 있다. 마치 대학로 소극장에서나 볼 수 있는 촌극들이 공공연하게 길거리에서 연출되고 있는 것 같다. 공짜로 보고 넘기면 그만이지만 양 진영이 극을 치달리는 것 같아 안쓰럽다. 처음에 일본이 우리나라에 수출을 금지하겠다고 나섰을 때 사실 초가집 화재는 모르겠고 빈대 태워 죽이는 상상을 하면서 쾌재를 불렀던 것이 사실이다. 최근 5년간 대일 무역적자가 누계 90조 원에 달한다는 사실이 지긋지긋한 빈대처럼 느껴졌기 때문이다.

경향신문 2013년 11월 12일 자 김철웅 칼럼 '민주주의 수호를 위한 내전'은 오늘날에도 유효하다. "한국 정치가 내전적 상황이거나, 적어도 정신적 내전 상태로 가고 있다. 스페인 내전의 역사는 오늘의 한국 정치를 관찰하는 데 꽤 유용하다. 한국은 정치·경제·이념적으로 극도로 분열되고 있다. 이 두 개의 한국을 가르는 결정적인 것이 무엇인

지도 분명해지고 있다. 그것은 민주주의다. 험난한 민주화를 거쳤기에 현실에서 또다시 '타는 목마름으로' 호출할 일은 없을 것으로만 생각했던 그 민주주의다."

진보든 보수든 대한민국이 어느 진영만의 나라는 아니다. 말없는 다수 국민들 매일 매일의 삶도 존중 받아야 한다. 빈대 태워 죽이겠다는 적개심에 못 이겨 자신이 살아야 할 초가집에 불을 지르는 일은 없어야 할 것이다.

경계를 넘나드는 사람 신화를 만들다

권력이동과
대한민국의 미래

역사상 경험해 보지 못했던 혁명이 우리를 둘러싼 모든 영역에서 나타나고 있다. 산업분야는 '4차'라는 이름을 달고 이미 우리 삶 모든 영역의 변화를 요구하고 있다. 종교, 과학, 정치, 문화 등 전 영역에서 혁명이라는 이름의 변화가 밀려오고 있다. 촛불이나 태극기에도 혁명이라는 의미가 붙어 이 땅의 정치를 뒤흔들고 있다. 이러한 혁명적 변화의 물결에서 대한민국의 미래는 과연 어떤 모습으로 다가오고 있는가.

경영, 경제 분야에서 새로운 패러다임이 나타나고 있다. 대기업 위주 전통 산업으로는 성장에 한계가 드러나고 있다. 벤처에 투자하는 상위 벤처캐피탈의 수익률이 다른 투자대비 훨씬 높은 수준이며, 벤처 캐피

탈로 유입되는 자금이 나날이 증가하고 있다. 지난 35년간 벤처투자를 보면, 미국 상위 25% 안에 드는 벤처 캐피탈의 연평균 수익률이 20%를 넘어섰고, 주식, 채권, 부동산, 대체투자 등 모든 금융상품 중 벤처투자 수익률이 단연 최고 수준이다.

금융 분야에서는 미래 가치를 만들어 내는 연구결과를 실제 시장가치로 만들어가는 벤처 투자가 가장 높은 부가가치를 민들이 내고 있는 실정이다. 이런 연유로 벤처 투자 자금은 지속적으로 증가하고 있는데, 예를 들어 소프트뱅크의 100조 원 비전 펀드는 수익률 40% 이상을 예상하고 있고, 제2기 100조 원 비전 펀드를 만드는데 미국의 유수 금융기관들도 참여한다고 한다. 미국 내에서는 1,000조 원 펀드 조성 협의가 진행되고 있다는 소식이다.

대기업의 경쟁력이 여전히 크긴 하지만 힘의 균형추가 금융분야로 넘어가고 있다. 벤처 자금시장이 풍족해 져서 과거와는 달리 대기업의 인수합병에 기대지 않고 벤처 투자 자체 금융시장만으로도 거대자본 기업이 출현하고 있는 상황이다. 즉 초기에는 벤처 캐피탈 단독 투자가 대부분이었지만 단계가 진전됨에 따라 대기업의 인수합병이나 주식시장 상장 절차 없이도 자체 자금으로도 재투자가 가능하다. 유니콘, 데카콘 등 대형 비상장 기업이 나오고 있는 이유가 여기에 있으며, 한국에서도 토스, 센트비 같은 기업이 늘어나고 있다.

경계를 넘나드는 사람 신화를 만들다

대기업 인수합병이 줄어든 것은 아니지만, 벤처 투자 등 금융부문으로 권력이 이동하는 것은 확실한 흐름이다. 철강 대기업 포스코도 벤처 생태계를 만들어 신성장 동력을 발굴하고 있는 것이 변화에 대응하기 위한 전략이다. 미래시장에서 신사업은 기존의 주력사업 영역에서 나오는 것이 아니라, 미처 생각하지 못했고 시도하지 못했던 분야에서 나오고 있다.

미래의 시장은 전혀 예상하지 못하는 방향과 영역에서 생겨나고 있으며, 누가 주도하고 얼마나 오래 갈지 얼마나 커질지 예측하기 어렵다. 자동차 산업에서 우버의 차량 공유, 테슬라의 전기자동차, 숙박업계에서 에어비앤비의 공유 경제, 유통업에서 아마존의 온라인 쇼핑, 금융업에서 핀 테크, 디지털 헬스케어, 의료기기, 신약 등 바이오 비즈니스 모델이 이를 증명해 주고 있다.

국내의 예를 보면 롯데, 신세계, GS 등의 유통업은 쿠팡 등 온라인 쇼핑 영향으로 매출액이 줄어 생존위협을 느끼고 있다. 만일 현대차가 테슬라에 초기부터 투자한 벤처자본에 출자하였더라면 전기차 제조 또는 밸류 체인 투자에 대한 전략을 미리 세울 수도 있었을 것이다. 벤처투자가 기존 사업 보완재 수단이 아니라 신성장 동력으로 중시되고 있다. 과거 시장은 대기업에 의해서 시장 크기나 수명이 예측 가능하였지만 현재 벤처가 만들어 내는 시장은 예측이 불가능하기 때문에 대기업에서는 벤처 펀드 자체가 신 시장에 대한 리트머스 시험지로 새로운 사업에 대한 자금흐름 센싱 역할을 한다는 인식이 자리 잡고 있다.

이는 결핍의 시대에서 풍요의 시대로 전환되어 어릴 때부터 여유로운 환경에서 자라난 세대들이 벤처기업의 실험정신 및 도전정신 그리고 자본의 결합과 함께 완전히 새로운 시장을 만들어 내고 있기 때문이다. 풍요로운 세상을 지향해 우리의 다음 세대들이 만들어 낼 새로운 가치를 잘 활용해서 국가적으로 시너지를 낼 수 있는 방향으로 정치도 바뀌어야 한다. 경제의 발목을 잡는 정치는 이제 사라져야 한다.

경계를 넘나드는 사람 신화를 만들다

지방분권의 진정한 의미

중앙 정치와 지방 정치는 반드시 같은 논리로 들여다 볼 필요는 없다. 지금 우리나라는 극한적인 대립과 분열로 인해 이미 동강이 난 나라의 남쪽도 조각날 판이다. 상대 이데올로기 지지자를 서로 '빨'과 '꼴'로 부르며 끝이 어딘지 눈으로, 손으로 아니 된장인지 아닌지 반드시 찍어 먹어볼 요량으로 치닫고 있다.

처음에는 서로의 잘, 잘못을 따져 보기도 했을 터이나 이제는 뭐가 뭔지 굳이 따질 필요도, 따질 수도 없는 지경이다. 중앙과 지방을 구분할 틈도 없이 온 나라가 '죽음의 이전투구'판이다. 겸사겸사 지방을 다녀 볼 기회가 많은데, 인구 5000만의 우리나라는 그래도 지방마다 특색과 전통이 있고 습속과 문화가 많이 다르다. 과메기나 돌장어 축제가 있고 송이 체험과 습지 탐방이 있고 구절초 축제가 각기 다른 지방에서 열린다. 그런데 무슨 놈의 정치가 지방의 현안은 도외시하고 누구를 수호하고 딸을 혼내 주라는 이유로 수백만으로 진영이 갈리어 죽자고 달려들고 있는지 이유를 알 수가 없다. 지역 경제가 십 수 년째 뒷걸음질 하고 있는 판에 서울 '서초동'에서 만나서 서로 다른 피켓을 들고 삿대를 올리고 있는 현실이 안타깝다 못해 이제는 관전하기도 지친다.

국내 문제뿐 아니라 한반도를 둘러싼 열강 외교가 볼거리는 있지만 그다지 매끄럽게 돌아가는 것 같지는 않다. 환동해 경제권 지역에는 독도 문제를 비롯하여 남사군도, 북방 4개 도서 등 다양한 외교 현안이 있다. 무엇보다도 북한 핵 문제가 가장 크고 뜨거운 문제다. 국가적인 이슈이지만 의외로 지역 차원에서 해법을 찾을 수도 있다. 왜냐하면 국가 간에 적용되던 질서와 논리가 본질적으로 달라지고 있기 때문이다. 동양과 서양으로 크게 나눠진 지구촌의 문화나 관습도 민족과 인종, 지역에 따라 이해관계가 커졌다.

한 때 통합의 길로 달리던 유럽 사회는 이제 한 나라 안에서도 독립을 주장하는 지방 정부의 목소리가 높아지고 있다. 영국 스코틀랜드와 스페인 카탈루냐가 그러하고 이탈리아 북동부 롬바르디아도 가난한

경계를 넘나드는 사람 신화를 만들다

남쪽 지방을 먹여 살리느니 차라리 딴 살림을 차려 나가겠다는 입장이다. 바야흐로 지방 분권의 국제화 시대다. (환동해연구원 내부 정책 토론자료 참고)

중앙정부 주도하의 경제개발의 과정과 중앙집권형 시스템의 효율적 관성이 지배해 온 최근까지의 정치경제적 상황은, 지방분권의 실질화를 도모하는 것에 거대한 장벽으로 기능하고 있다. 이제는 발전을 바라보는 패러다임의 전환을 진지하게 모색해야 할 때다. 지금까지와 같은 효율성 위주의 양적이고 결과지향적인 성장 패러다임으로는 우리의 민주주의를 실질적인 것으로도, 국가공동체의 지속가능성도 온전히 담보하지 못한다.

권력을 분점하고 동반성장을 꾀하는 균형적 패러다임의 모색이야말로 오히려 사회 각 영역에서의 민주적 지평이 확장되어 국가공동체의 안전성과 지속성을 보장해 줄 것이다. 각 지역이 그 자연환경, 산업기반, 향토문화 등을 고려하여 바람직한 성장을 이루어 나갈 때, 국가 전체의 발전을 기약할 수 있다는 지방분권의 실질화 모색은 현대 민주주의가 요청하는 지방화의 흐름에 부응하게 될 것이다. (지방 차원의 실질적 지방분권 추진 전략 연구, 2017.11. 대한정치학회)

지금 정치적 상황이 무슨 국론 분열이냐 다양한 의견 표출의 한 방식일 뿐이라고 일부에서는 주장한다. 물론 모래알처럼 흩어지는 국민성이라고 우리 민족의 정신을 폄훼한 일제 식민사관이 여전히 존재하고 있으므로 함부로 국론 분열이라는 표현을 쓰지 말아야 한다는 데 원칙적으로 동의한다. 그럼에도 불구하고 주장과 논의의 내용은 아무 상관이 없고 오로지 진영 논리에만 함몰되어 '공멸의 굿판'을 벌이고 있는 작금의 상황은 지역 경제 활성화라는 과제를 달성하는 데 결정적인 장애요소임에는 틀림이 없다.

2주년이 다가오는 '11.15 지진 재난' 상황은 여전히 해결되지 않고 있다. 52만 포항 시민이 마음을 합해 지역 경제 활성화를 위한 대규모 사절단을 중국, 일본, 러시아 등 이웃 국가에 파견해야 한다. 위기를 극복해 나가는 것이 먼저다. '태극기냐, 촛불이냐'는 포항경제가 살아나고 난 다음 문제다.

산업구조 다변화로
청년 귀향 도와야

'고향이 그리워도 못가는 신세 저 하늘 저 산 아래 아득한 천리, 고향을 떠나온 지 몇몇 해던가 타관 땅 돌고 돌아 헤매는 이 몸…' 흘러간 옛 유행가를 요즘 젊은 세대들이 불러야 할 상황이라는 게 마음을 무겁게 한다.

명절에 고향을 찾지 못하는 청년들의 실태가 지난 설 명절 즈음에 언론에 보도된 바 있다. A 대학교에서는 부산, 광주, 대구로 향하는 설 귀향버스가 모두 취소됐다. 버스 운행을 위해서는 최소 15명의 신청자가 모여야 하는데, 3개 노선 모두 신청자가 10명 정도에 불과했기 때문이다. B 대학교는 전년 설부터 귀향 버스 규모를 크게 줄였다. 평소에는 대전–부산, 청주–울산, 전주–광주, 대구–포항, 진주–창원 5개 노선을 이용할 수 있었다. C 대학교는 2017년부터 설은 물론이고 추석 귀향 버스도 없앴다.

한 아르바이트 포털이 성인 남녀 1959명을 대상으로 진행한 설문조사에서 "올해 설 친지모임에 참석하냐"는 질문에 응답자 3명 중 1명이 "가지 않겠다"고 답했다. 모임에 불참하는 이유는 "현재 내 상황이 초라해서"가 전체 응답자의 36.1%로 1위를 차지했고 "취업, 이직 준비 때문에"가 31.8%로 뒤를 이었다. 아르바이트생 1893명을 대상으로 진행한 또 다른 설문조사에서는 응답자 중 68.3%가 "설연휴에도 정상 근무한다"고 답했다.

청년들이 고향에 돌아와서 일자리를 찾고 지역경제 침체를 극복하기 위해서는 무엇보다 청년들을 수용할 수 있는 일자리가 필요하다. 우리 지역은 철강 및 금속제조 산업으로 대표되는 주력산업 구조를 고도화해야 한다.

산업구조 고도화를 위해 포항시는 차세대 배터리파크, AI(인공지능) 기반 협동로봇 플랫폼, 글로벌 블록체인 혁신산업 파크 조성, SiC(탄화규소) 전력반도체 산업플랫폼 고도화, 차세대 철강산업 클러스터 구축, 가속기 신약 혁신특구 조성 등을 추진하고 있다. 모두 기존의 전통적

경계를 넘나드는 사람 신화를 만들다

철강산업에서 탈피해 4차산업 도래에 대응한 새로운 전략들이다. 문제는 이렇게 나열되어 있는 정책들이 성공을 거두기 위한 구체적인 노력들이 필요하다.

지역출신 '청년 귀향'을 위해 전라남도 고흥군은 '내 사랑 고흥 기금 설치 및 운용 조례'를 통해 청년들의 지역 정착을 위한 제도를 마련하고 있다. 기금은 조례에 따라 2018년부터 2021년 까지 4년간 100억 원을 조성한다고 한다. 그간 총 40억 원을 마련, 귀향 청년들의 안정적인 지역 정착을 위해 사용하고 있다.

포항지역 청년 일자리 창출을 위해서는 몇 가지 방향성이 있을 것으로 본다. 먼저, 기존 산업의 일자리를 청년들에게 확대하는 방법이 있을 것이다. 금속 및 철강제조 산업의 경우 베이비부머들의 대량 은퇴가 예정되어 있다. 물론 정년 연장에 대한 논의가 있기는 하지만 어차피 대량 은퇴는 불가피하다. 이 부분을 대체할 정년 기능공들이 양성되어야 한다. 힘들고 어려운 일자리를 무조건 외국인 노동자들에게 양보하는 일은 현명하지 못하다.

다음으로, 포항 벤처밸리 조성에 맞추어 창업에 대한 체계적인 접근이 필요하다. 포항창조경제센터나 포항테크노파크 등 지역경제 진흥기관의 다양한 시책들을 면밀히 파악하는 활동을 청년들이 해야 한다.

한두 번 얘기해 보고 적합한 프로그램이 없다고 돌아설 것이 아니라 자신에게 맞는 정부 시책이 발표되면 이를 적극 활용하려는 의지와 노력이 있어야 한다. 동아리 등을 구성해서 정보를 공유하고 각자의 역량을 모아 시너지를 낼 수 있는 방법도 찾아내야 한다.

나아가 천리 길도 한 걸음부터라는 말처럼 인생을 멀리 내다보고 차근차근 내디디며 나아가는 것이 중요하다. 포항시 관계부처와 청년들이 머리를 맞대고, 지역 연구기관들도 힘을 합쳐서 아이디어를 짜내야 한다. 고학력 스펙이 일할 직장이 충분하지 못할 때는 두 걸음 전진을 위한 한 발짝 후퇴 전략으로 돌아가는 방법도 생각해 볼 수 있다. 윈스턴 처칠의 한 마디가 우리 청년들에게 의미 있게 닿기를 기대해 본다.

"Never, never, never give up!"
(절대 포기하지 말 것!)

경계를 넘나드는 사람 신화를 만들다

청소년 교육정책이
지역 활성화 촉진

한강의 기적은 교육에 그 에너지가 있었다. 자본도 기술도 경험도 없는 상태에서 우리나라가 눈부신 고도 경제 성장을 실현하고 오늘날 미국, 중국, 러시아, 일본과 외교 현장에서 국제 정세를 당당하게 논의할 수 있는 국력을 갖게 된 것은 교육에 그 해답이 있다.

밥을 못 먹어도 자식 교육은 시킨다는 70년대 이후 우리 부모들은 이제 노후를 맞고 있다. 그 자식들은 국민소득 오천 달러 시대를 청소년기로 보내고 삼만 달러 시대를 살아가고 있는 중이다. 물론 경제 구조의 선진화와 국가 체질 개선과정에서 제 때에 일자리를 찾지 못하고 있긴 하나 이러한 모든 과정을 교육에 바탕을 두고 지식과 지혜로 슬

기롭게 헤쳐 나가고 있는 중이다. 최근 일본과의 외교 마찰 과정에서 일본이 대한민국의 국력이 이 정도일 줄은 몰랐다며 놀라고 있다는 뉴스는 우리 국력과 교육의 힘이 어느 정도 인지 실감하게 한다. 글로벌 지식과 정보력, 국제적인 네트워크로 실력을 갖춘 우리 청년들이 이번 양국관계 알력을 여하히 현명하게 헤쳐 나가는 지 지켜보는 일은 매우 흥미롭다.

포항은 일찍이 청소년들에게 꿈과 희망을 불어넣어주는 도시의 대명사였다. 교과서에 사진이 실려 있는 포항종합제철이 있는 도시였고 수학여행의 필수 코스였다. 대한늬우스에서 소개하는 제철소 설비 준공식이나 철강 생산이 국가 경제에 미치는 영향이 얼마나 큰 지 가늠해 보는 일은 청소년들에게 가슴 벅찬 일이었다. 우리 지역에서 유년, 청소년시절을 보낸 지금의 50, 60대들은 국가 경제를 견인하는 포항 지역사회의 에너지에 대해 얼마나 자랑스러웠던지 막걸리나 소주잔을 기울이면서 지금도 회고하고 있다.

서울 강남 지역이 우리나라의 비버리힐스라는 지적이 있는 배경에는 각종 양질의 학교와 학원 등 교육의 중심이기 때문이라는 게 설득력 있는 해석이다. 포항도 왕년의 포철공고, 경북과학고, 한동글로벌학교, 포스코교육재단 부설 학교 등 청소년 교육 중심지로 전국적인 이목이 집중되고 있다고 해도 과언이 아니다. 포항이 골머리를 앓고 있는 인구 감소 문제를 해소하는 가장 효과적인 유인책은 바람직한 청소년 교육 정책에 있다고 본다. 한동국제학교HIS에 자녀를 입학시킨 학부모들이 전국에서 포항에 내려와 있다. 얼마 전 포항에 새로운 국제학교 건립이 추진됐으나 어떤 이유로 보류된 것은 아쉬운 일이다.

'태극기 휘날리며'라는 영화도 포항 청소년들의 긍지를 드높여 준다. 형산강 전투와 장사 상륙작전 등 육이오 사변 전황을 뒤집은 학도병들의 목숨 건 애국적인 행동이 이 나라의 오늘이 있게 한 하나의 힘으로 작용했다는 사실은 청소년 국가관 형성에 크게 영향을 미친다.

정약용, 송시열 등의 이야기와 함께 장기 유배체험 학습관에서는 인생에 있어서 자기 확신과 그에 수반되는 세상으로부터의 공격에 대해 생각해 보게 함으로써 '옳음'을 지켜나가기 위해 갖춰야할 덕목들이 무엇인지 새겨보게 한다. 해병대극기 훈련장은 청소년뿐 아니라 대학생 새내기, 기업체 신입사원, 일반시민 등 전국에서 많은 사람들이 삶에 대한 투지와 열정을 불러내도록 도와준다. 포항제철소 산업 현장, 포항공대와 한동대 등 캠퍼스 투어, 경주 화랑도, 영천 보현산 천문대도 방학을 맞아 한 번 들러볼 교육의 현장이다.

'2019 패러글라이딩월드컵대회'가 8월 23일~25일까지 포항시 북구 칠포리 곤륜산 활공장과 칠포해수욕장에서 열렸다. 20개국 155명이 참가한 이번 대회는 국내 최초의 패러글라이딩 월드컵 대회로 포항 시는 총 3억 8,000만 원을 투입, 900㎡에 이르는 활공장과 1.1㎞에 이르는 진입로를 개설해 최적의 인프라를 구축하고 손님을 맞았다. 한적한 불모지에 포스코라는 세계적인 기업을 일으킨 것은 그야말로 대한민국 최초의 벤처 투자였다. 포항 벤처밸리 등 포항이 첨단산업, 해양, 항공, 로봇 등 다양한 분야에서 글로벌 인재 육성을 위한 꿈과 희망을 불어넣는 교육의 장을 제공하게 되기를 기대한다.

경계를 넘나드는 사람 신화를 만들다

경계를 넘나드는 사람
신 화 를 만 들 다

3장

한국경제 재도약
포항에서 길을 열다

환동해 지역은 세계 문명의
파노라마적 각축장이라고 해도
과언이 아니다. 포항의 정치, 경제, 산업, 문화
전반에 새로운 혁신의 바람이 일어날 수
있기를 희망해 본다. 환동해 시대를 우리 포항이
주도하게 되는 그날을 기대한다.

포항 중심
'환동해 시대' 열린다

    환동해연구원을 지역사회 여러분의 도움으로 발족하고 필자가 초대 원장을 맡게 됐다. '환동해 연구'는 그동안 여러 번에 걸쳐 학자, 전문 연구자, 관련 기관에서 포항 및 경북 동해안 지역발전의 핵심 개념으로 논의해온 바 있다. 경북도가 출연한 경북해양바이오산업연구원이 최근 '환동해산업연구원'으로 명칭을 바꿨다.

    지난 2007년 10월 해양산업 발전에 대응하기 위해 설립한 이 연구소는 해양환경산업 발전을 넘어 해양바이오, 해양에너지, 해양환경, 해양문화 전반의 변화를 선도해 나가기 위해 이번에 확대 재편을 했다. 포항시는 2015년에 환동해문명사박물관 건립을 위한 심포지엄을 가진

바 있으며, 2019년 4월에 본격적인 박물관 건립을 위한 연구용역을 발주했다. 바야흐로 환동해 시대가 열리고 있고 우리 포항이 그 중심에 서서 글로벌 문명도시로서 웅대한 걸음을 내딛고 있는 것이다.

왜 '환동해'인가. 미국 대통령이 역사상 처음으로 북한 땅을 밟고 일본의 군사 대국화는 점점 급물살을 타고 있는 가운데, 러시아는 푸틴 체제 피로감으로 새로운 변화의 전환점을 극동 아시아에서 모색해 보려는 움직임이 조심스레 나타나고 있다. 중국은 오래 전부터 동해 오징어 씨말리기 작전에 돌입하고 있다. 앞으로 백악관에 초대받은 북한 지도자가 지나갈 길은 동해임에 분명하다.

동시에 북미 대륙을 향해 날아갈 장·단거리 미사일이 지나갈 길이기도 하다. 빛의 속도로 변하고 있는 동아시아 국제 질서 속에서 환동해의 중요성에 의문을 갖는 것은 국제 정세에 둔감한 어리석음을 노출하는 것으로 직결되고 있다. 지금 환동해는 중국의 일대일로 정책과 러시아의 신동방정책 그리고 우리 정부의 신북방정책이 교차하는 핵심가치에 놓여있다. 21세기 실크로드인 환동해를 자국 중심으로 개척하려는 각국의 전략적 접근으로, 이제 환동해는 작은 바다를 지칭하는 언어적 개념을 넘어서고 있는 것이다. 환동해 지역의 중요성을 찬양하는 것에만 머무르는 것 또한 지혜로운 일이 아니다. 환동해 지역의 정치, 경제, 사회학적 역사와 의미를 조명해 보는 동시에 그 문명사적 의

경계를 넘나드는 사람 신화를 만들다

의를 종적, 횡적으로 연구해 보는 활동이 있어야 할 것이다. 환동해를 바라보는 4대국 지역의 특성과 저마다의 발전 방안에 대한 비교연구와 함께 이를 원활하게 연계할 물류산업에 대한 다각적인 연구가 무엇보다 중요할 것으로 본다. 이와 함께 해저 광케이블을 비롯한 유·무선 통신에 대한 첨단 과학적 접근 또한 시대를 앞서가기 위해서는 불가피한 연구 분야가 될 것이다. 오랜 기간 포항은 정체의 늪을 헤쳐 나오고 있다. 계층과 분야에 따라서 그 성장 동력이 고갈되어가는 현상도 눈에 띄고 있다.

포스코의 성장에 연동한 지역사회 발전은 그 구체적인 방법론에 대한 이견으로 신선함을 잃은 지 꽤 시간이 흘렀다. 사실상 마지막 조치라고 해도 과언이 아닐 포항 벤처밸리 조성에 대한 포스코의 결정을 환영하며 이를 포항 발전에 활용하기 위해서라도 '환동해경제공동체' 구성은 더 이상 늦출 수가 없다. 동서 냉전시대에는 군사력에 기반한 '경성 권력Hard Power'이 국제질서를 움직였다. 그러나 지금은 경제력과 문화력을 근간으로 하는 '연성 권력Soft Power'이 세상을 움직이는 원동력으로 작용하고 있다.

박세리 이후 세계 여자 골프는 대한민국이 주도하고 있고, 방탄소년 단으로 이어진 한류 열풍이 세계인들을 빠져들게 하고 있다. 기업에서도 삼성 휴대폰과 반도체가 세계 통신기기시장을 이끌 어가고, LG화학과 SK이노베이션이 전기차 배터리시장을 장악하고 있다. 뿐만 아니라 2018년 세계 최초로 5G 통신기술 기반 통합정보연결망을 실용화했다. 이제 국내 기업을 유치해 도시발전의 밑거름으로 활용하기에는 한계가 있다. 구미의 삼성 스마트시티 네트워크사업 제조기능이 수원으로 이전하였고, LG디스플레이 공장이 파주로 이전하면서 구미는 순식간에 도시의 존립마저 위협받고 있다.

답은 환동해의 네트워크에서 찾아야 한다. 철강도시 포항을 구조적으로 다양화시키기 위해서는 환동해를 접하고 있는 국제 지역들과의 교역과 교류, 투자에 달려 있다. 바닷길은 문명과 문화가 만나는 현장이다. 사무엘 헌팅턴은『문명의 충돌』에서 중국문명과 일본문명, 정교문명을 구분했다. 여기에 북한의 독특한 정치체제와 문화를 추가할 경우 가히 환동해 지역은 세계 문명의 파노라마적 각축장이라고 해도 과언이 아니다. 포항의 정치, 경제, 산업, 문화 전반에 새로운 혁신의 바람이 일어날 수 있기를 희망해 본다. 환동해 시대를 우리 포항이 주도하게 되는 그날을 기대한다.

우수한 노인 정책
건강한 도시 만든다

옛 성현들은 살아가면서 몇 가지를 경계했다. 초년에 너무 일찍 출세를 하는 것, 중년에는 가족들이 화목하고 건강하게 지낼 수 있도록 불필요한 것들을 자제할 것, 그리고 노년의 고독과 빈곤을 피할 여러 가지 대책을 젊어서부터 마련할 것을 강조하고 있다. "너희 젊음이 너희 노력으로 얻은 상이 아니듯, 내 늙음도 내 잘못으로 받은 벌이 아니다" 작가 박범신은 소설 '은교'에서 이렇게 늙어감을 아쉬워했다.

유교 문화가 아직도 사회 전반에 뿌리내려져 있는 우리 사회에서 연장자는 아직도 정정하긴 하다. 기품을 갖추고 형형한 눈빛으로 호령하는 원로의 모습은 우리 삶 곳곳에 내재하는 불안감을 해소할 신뢰와 안도감을 갖게 한다. 다만, 세월의 풍상에 찌들어 옹색한 모습으로 자기만의 세계로 소멸해가는 노인들을 바라보면 어딘지 마음이 불편해진다. 출산율 저하와 함께 세계 초유의 고령화 사회로 접어들고 있는 우리나라 노인들이 어떻게 하면 행복한 노후를 영위할 것인가. 무엇보다, 노인에 대한 편견과 신입관을 버려야 한다. 나이가 들었다는 이유로 평생 쌓아온 전문 역량이 과소평가 당하는 일은 없어야 한다.

영역에 따라서는 젊은이 못지않은 생산성을 낼 노인 일자리가 많다. 관광 안내, 통역, VIP 운전, 컨설팅 등 지혜와 경륜을 활용할 영역은 젊은이들이 따라가기 어려운 영역이다. 조직에서도 삶의 연륜이 느껴지는 나이 든 고참 선배한테서 배울 것이 더 많을 수도 있다. 숙련된 스킬을 바탕으로 한 육아도 할머니 할아버지들이 훨씬 잘 해낼 수 있고, 요양병원 개호 서비스 또한 인공지능 도움을 받는다면 같은 연령대 간병인들이 환자 상태를 더욱 깊이 이해하고 품질 좋은 서비스를 제공할 수가 있는 것이다.

다음으로, 사람보다 일찍 늙어가는 도시의 노화에 제동을 거는 다양한 시책들이 필요하다. 시 승격 70주년을 맞은 포항은 철강 산업도시로도 매우 늙은 축에 속한다. 산업의 쌀 생산으로 우리나라 고도 경제

경계를 넘나드는 사람 신화를 만들다

성장을 견인한 철강 근로자들이 은퇴를 하고, 그 자녀들이 선호하는 차세대 첨단산업분야 직장은 아직 포항 지역에서 찾아내기가 쉽지 않은 상황이다. 일자리 부족으로 고통을 겪는 청년들에게 노인 부양 의무까지 지울 수는 없다. 오히려 건장한 '실버 칼라'들이 일을 해서 자녀들로 하여금 여유 있게 인생을 개척할 시간을 벌어줘야 한다.

포항시 인구를 보면 2019년 5월말 현재 총 51만5945명이며 남구 23만7562명, 북구 27만1210명으로 집계됐다. 성비는 남구 106.1%, 북구 98.8%로 철강산업단지가 있는 남구가 상대적으로 북구보다 남성 인구가 많은 것으로 나타났다. 포항시 65세 이상 인구는 2019년 5월 현재 7만9179명이다. 남자 3만4991명에 여자가 4만4188명으로 성비는 79.2%로 여성이 월등히 많다. 구별로 보면 남구가 3만6694명이며 성비는 81.7%이고 북구가 4만2485명으로 성비는 77%이다. 북구 할아버지가 남구 할아버지보다 할머니들에게 인기가 높을 확률이 높다. '5060' 일자리 대책도 이러한 특성을 고려해 체계적으로 수립돼야 할 것이다. 전국 최초로 포항에 '시니어 푸드 트럭'이 도입된 것은 노인 일자리 대안으로 고무적인 일이다.

나아가 고령층 스스로가 자발적으로 뒷방으로 숨어 들어가는 소극적 태도를 버려야 한다. 적극적으로 때로는 당당하게 자신의 능력을 어필할 수 있는 마인드를 놓지 말아야 한다. 나이를 이유로 생산가능 인구에서 제외되는 것은 부당하다. 정정당당하게 경쟁하고 전문 역량을 평가 받으려는 자세를 견지해야 한다. 단순히 나이만을 기준으로 과다한 예우를 기대하거나 능력을 낮게 평가 받을 하등의 이유가 없다. 일본 토요타자동차 은퇴 직원들은 지자체와의 협력으로 컨설팅 회사를 차리고 세계 곳곳에서 토요타 경영을 배우러 오는 사람들을 대상으로 수익을 창출하고 있다. 노동력 부족으로 일본은 아예 정년을 없애겠다는 방침을 검토하고 있고 , 미국 실리콘밸리에는 4차신업 호황을 바탕으로 노인까지 포함해서 일자리가 넘쳐나고 있다는 소식이다.

우리도 사회 전체적으로 '실버 파워' 기를 살려야 한다. 칭찬에는 나이 든 고래도 춤을 추고, '멋지다 대단하다'고 엄지 척을 하면 늙은 나무도 아름다운 꽃을 피울 것이다.

경계를 넘나드는 사람 신화를 만들다

'포항시립대 설립'
공론화해야 한다

　'포항 르네상스'라는 말을 어디선가 들은 적이 있다. 르네상스란 중세 암흑기를 벗어나기 위한 문예부흥을 일컫는 말이다. 포항에 르네상스가 필요하다는 발상은 현재의 포항이 중세와 같다는 의미인지 알 수 없게 만든다. 지역 총생산이나 경제 성장률 측면에서 보면 지난 10년 혹은 15년이 잃어버린 세월이라고 보려는 관점이 있는 모양이다. 물론 지역을 살리기 위해 안간 힘을 쓰고 있는 분들에게는 미안한 일이지만, 분야에 따라서 혹은 어떤 분들의 입장에서는 그렇게 볼 수 있을 것이라는 생각도 든다.

　르네상스는 학자, 문인, 예술가, 공학자등 지식 집단이 주도한 운동이다. 이 집단은 대학이 주도하였다고 해도 과언이 아니다. 중세가 저물어갈 즈음 이탈리아나 프랑스, 독일 등 유럽지역엔 오늘날까지 역사를 이어오고 있는 유명 대학들이 태동하고 있었다. "초기의 여러 대학교들은 시간이 흐르면서 유사한 경로를 따라 발전해 갔지만, 초기의 발달 과정은 독특한 차이를 보였다. 특히 유럽 남부와 유럽북부의 대학교들은 매우 두드러진 차이를 보였다. 이탈리아와 프랑스 남부의 대학교들은 대체로 볼로냐 대학교를 모델로 삼았고, 유럽 북부의 대학교들은 한결같이 파리대학교를 본보기로 삼았다." (위키피디아 '중세 대학' 참고)

포항은 도시 이미지가 가볍고 화려하지는 않다. 철강산업과 해병대 도시라는 브랜드가 강하다, 해양산업과 관광산업, 교육을 부흥시키자는 목소리가 나오게 된 지는 꽤 시간이 흘렀지만 이런 이미지는 아직 대내외적으로 자리를 잡았거나 정당한 평가를 얻고 있지 못하고 있다. 포항공대라는 세계 수준의 대학과 한동대라는 특색과 경쟁력을 갖춘 대학이 있는데도 포항이 교육도시라는 이미지를 갖기엔 역부족 상황이다.

포항대학과 선린대학의 위상을 좀 더 높여야 한다는 지역 사회의 목소리가 오랜 염원으로 들리고 있고 무엇보다 지역 내 의과대학이 없어서 포항의 의료수준이 한계에 직면했다는 지적은 지역 주민들의 볼멘

경계를 넘나드는 사람 신화를 만들다

소리로 다가오고 있다. 지역사회 인재를 양성하고 대학을 졸업한 우수한 인재가 지역사회의 발전을 선도할 수 있도록 포항시립대학교가 필요하다는 주장에 많은 사람이 공감을 하고 있다. 물론 대학 이전에 지역의 발전전략을 허심탄회하고 객관적으로 어느 특정 이해집단의 영향력에 휘말리지 않고 수립하여 실행할 수 있는 전문연구기관도 많이 나와야 한다.

세계 경제 구조는 나날이 변화하고 있다. 약 1700조 원 규모의 바이오산업 세계시장 규모는 반도체 시장을 훨씬 능가하고 있다. 크루즈 시장, 해양 물류산업 또한 그 규모가 상승하고 있는데 포항시가 이러한 순풍을 활용하고 그로 인해 지역 경제를 회복하기 위해서는 그 중심에 대학이 있어야 한다. 경제협력개발기구OECD가 발표한 '2018 OECD 관광 트렌드 및 정책 보고서'에 따르면 관광산업은 OECD 국가 평균 GDP의 4.2%, 고용의 6.9%, 서비스 수출의 21.7%를 차지하고 있다. 2030년에는 전 세계 관광객 수가 18억 명에 달하고 특히 신흥 관광국을 방문하는 관광객 수가 선진 관광국가에 비해 2배 이상 성장해 신흥관광국의 점유율은 2016년 45%에서 2030년 57%로 높아질 것으로 전망하고 있다.

호텔 경영이나 관광, 레저 지도자 양성 학과나 바이오산업 경쟁력 확보를 선도할 글로벌 영업 전문가를 키워낼 새로운 형태의 대학교 설립을 검토해 볼 시기이다. 세포막 단백질 연구소와 방사광 가속기를 활용하는 의과대학 설립 등 바야흐로 포항이 교육도시로 탈바꿈하기 위한 '르네상스'의 훈풍이 불고 있다.

눈을 한 번 감았다 뜨면 새로운 기술들이 수십 건씩 나타나 우리 삶의 근간을 뒤바꿔 놓는 이 시대에서 살아남기 위해서는 끊임없이 달려야 한다. 그래야 겨우 한 걸음 내딛을 수 있기 때문이다. 시가고 대학의 진화학자 밴 베일른이 생태계의 쫓고 쫓기는 평형관계 원리를 '붉은 여왕의 효과'Red Queen Effect 로 정리한 것은 대단한 지적이다.

경계를 넘나드는 사람 신화를 만들다

첨단농업으로
6차 산업 선도

'농자천하지대본야'라는 말은 농경시대에나 통용되던 말일까. 절대 그렇지 않다고 본다. 6차 산업 개념이 등장하면서부터 이는 오늘날 첨단산업혁명 시대에도 적용될 수 있게 되었다. 농촌의 유·무형 자원을 활용한 제조·가공의 2차 산업과, 체험·관광 등 3차 산업의 융·복합을 통해 새로운 부가가치와 일자리를 창출함으로써 지역경제 활성화를 촉진하는 활동을 6차 산업이라 한다.

6차 산업의 핵심인 '스마트 팜'은 정보통신기술IT을 비닐하우스나 축사, 과수원 등에 접목하여 원격으로 작물과 가축의 생육 환경을 적정하게 유지 및 관리할 수 있는 농장이다. 작물 생육 자료나 환경 정보

등에 대한 정확한 데이터를 기반으로 언제 어디서나 작물과 가축의 생육 환경을 점검하고, 필요한 조치를 적기에 함으로써 노동력, 에너지, 비료 등을 종전보다 적게 투입하고도 농산물의 생산성과 품질은 더욱 높이는 첨단 농업방식이다.

스마트 팜이 본격 확산되면 노동, 에너지 등 투입 요소 최적화를 통해 농업 경쟁력을 한층 높일 수 있고, 단순한 노동력 질감차원을 넘어 영농 작업의 시간적, 공간적 구속으로부터 벗어나 여유 시간도 늘고 삶의 질도 개선되어 청년엘리트 농촌 유입도 촉진하게 된다. 전문가들은, 농업 전반의 가치사슬value-chain에 IT를 융합하여 생산의 정밀화, 유통의 지능화, 경영의 선진화 등 상품 및 서비스, 공정 혁신 및 새로운 가치를 창출하게 될 것으로 전망하고 있다.

포항시는 얼마 전 무인보트를 이용한 제초제 살포를 시연한 바 있다. 농촌노동력 고령화 및 여성화로 어려움을 겪고 있는 농촌에 활력을 불어 넣고, 대규모 영농인들의 제초노력 절감을 도모한 정책이다. 무인보트는 하루에 25ha의 논에 제초제 살포가 가능하며 약제를 균일하게 적정량을 살포하여 잡초 방제효과와 경제성을 함께 높이는 기술이다. 농촌 일손을 10분의 1로 줄이게 됐다는 평가도 있다.

1993년 노벨 경제학상을 수상한 버클리 대학의 더글러스 노스 교수

경계를 넘나드는 사람 신화를 만들다

는 1만 년 전 농경을 시작한 신석기혁명을 1차 경제혁명, 산업혁명을 2차 경제혁명으로 명명했다. 지구상에 농업혁명이 언제어디에서부터 시작되었느냐 하는 문제는 여러 학설이 있으나, 최근 한반도에서 세계 최초로 농경이 시작된 것으로 볼 수 있는 유적이 발견된 바 있다. 충북 오창지역에서 발견된 볍씨의 탄소연대 측정 결과 우리나라가 중국보다 앞선 농경으로 볼 수 있으며, 최초의 가축인 개의 유전학적인 계통 분석 결과도 이를 뒷받침하고 있다.

한반도에서 농사도구인 간돌이 발견된 것은 1만 2000년 전으로 추정되는 제주 고산리 신석기 유적이었다. 그런데 최근 전남 장흥군 신북마을 후기 구석기유적에서 간돌 7점과 이를 만든 숫돌 2개 등 신석기유물 20여 점이 발굴된 것이다. 세계 고고학계는 1만 년 전 신석기혁명을 통해 처음 농사에 신석기를 썼다고 보고 있는데 한반도에서 무려 2만 년 전 신석기가 발견됨으로써 '농경 1만 년 이론'을 수정해야 한다는 것이다.(홍익희 세종대 교수 등) 아울러 한반도는 지질학적으로 신생대의 건강하고 활발한 지층의 에너지가 농업과 임업, 수렵, 어로의 경제활동을 든든히 뒷받침하는 고대 동북아시아 물류, 경제 중심지 역할을 했다는 연구결과도 많다.

이러한 역사적, 지리적 장점을 살려 우리 포항이 환동해 첨단 농업중심지로 자리 잡을 수 있도록 지혜를 모아야 할 때다. 지곡밸리 소재 최고 수준의 연구기관에서 과학 및 영농과 첨단기술 등 융합을 통한 기술개발을 선도하는 한편, 영농 및 과학기술 유관기관과 학계 등 다방면의 전문가를 활용하는 6차 산업 정책, 경제, 경영, 재배(사육)기술, 농학 및 첨단 기자재 등 '스마트 팜 워킹 그룹'을 운영하는 등 체계적인 로드맵 위에서 차근차근 실천해 나가야 할 것이다.

경계를 넘나드는 사람 신화를 만들다

과메기를 넘어
첨단 어업으로

　농업이 세계 최초로 한반도에서 시작되었다는 증거와 함께 어업 또한 기존 1만년설을 뒤엎을 약 3만 년 전 어업 도구가 강원도 정선지역 동굴에서 발굴된 바 있다. 구석기시대 퇴적층 석회암 동굴에서 사슴, 노루, 사향노루, 산양, 곰 등의 대형 동물 화석과 갈밭쥐, 비단털쥐, 박쥐 등 동물 화석과 함께 석회암 또는 규암을 이용해 만든 뗀석기를 비롯해 여러 점의 그물 추(어망 추)가 발견된 것이다.

　작은 자갈을 이용해 만든 그물추는 총 14점이 발견됐으며 대부분 석회암으로 된 작은 자갈로 제작한 것으로 분석되었다. 방사성 탄소연대 측정 결과 약 2만9000년 전에 해당하는 것이라는 결론이 나왔다. 이것이 사실로 확정될 경우 후기 구석기 시대 그물추는 인류의 물고기 잡이 역사에서 가장 이른 시기로 판단할 수 있는 근거가 되는 셈이다.

동해안 어업전진기지라는 말은 교과서에 등장하는 표현으로 우리 지역에 익숙한 말이다. 구룡포, 포항, 강구, 영덕 등 어업은 7번 국도를 따라 이어지는 생활경제의 핵심영역이다. 그물이나 낚시로 고기를 잡아서 파는 어업에서 고기를 길러서 파는 어입으로 변모한 지는 오래되었다. 다만 양식과정에서 발생하는 약해藥害나 수온 조절 문제로 인한 물고기 떼죽음 등의 피해가 발생하고 있다.

첨단기술을 이용한 수산물의 고부가가치화가 지역경제 활성화의 중요한 과제로 부상하고 있다. 지역특성에 적합한 수출상품 및 우량어종 개발지원을 통한 어업인 소득 증대, 기후변화에 따른 양식생물의 질병 파악 대응 및 고효율 사료 개발 등을 통한 환경 친화형 양식산업 활성화, 에너지 절감형 어선 및 자원관리를 위한 선택적 어구 어법 개발 등을 통한 민간 어업 경쟁력 강화 등이다. 세부적으로는 양식 생산의 효율성 향상을 위한 기자재 개발 및 공급, 첨단시스템 설치 관리를 통해 부가가치 창출, 해상 가두리 플랫폼, 어망, 히트펌프 등 양식 기자재를 구성하는 품목별로 특화기업 육성 등도 대안으로 떠오르고 있다.

친환경 어업에 대한 시장 수요가 증가하는 가운데 ASC 대상품목

경계를 넘나드는 사람 신화를 만들다

확대로 ASC 인증에 대한 소비자 인식 수준도 나날이 상향추세다. ASC ^Aquaculture Stewardship Council^란 지속 가능한 양식, 동물복지 준수, 작업환경개선 등의 항목을 기준으로 친환경 수산물에 부여하는 국제 양식수산물인증제도다. 이에 부응하여 빅 데이터 기술을 활용해 바닷물의 온도, 수압, 염분농도, 기압, 날씨, 예년의 어획량 유형 등 500가지 이상의 지표와 수중 카메라를 통해 정치망 속을 촬영해 기지국 서버에 축적된 데이터를 바탕으로 어획량을 예측하는 등 첨단스마트 어업에 대한 사업영역은 빠른 속도로 증가하는 중이다.

한편 동해를 둘러싸고 한국과 일본 사이의 해양 질서는 1965년과 1998년 한일어업협정으로 유지되고 있는데, 두 개의 어업협정은 모두 유엔이 주도하여 체결된 해양법을 기본 정신으로 채택한 것이다. 일본과의 이견으로 타결을 못하고 있는 한일어업협정과 관련해 해양수산부는 2019년에 어선감축 지원 243억 원, 휴어제 운영 지원 32억 원, 대체어장 자원조사 지원 21억 원 등 총 296억 원의 예산을 책정했다. 한국과 일본은 1998년 새로 맺은 신 한일어업협정에 따라 상대국 배타적 경제수역에서 조업이 가능한 어선 수 등을 두고 매년 어업협상을 벌여야 한다.

아울러 FTA(자유무역협정) 또한 어업에 커다란 변수이다. 우리나라는 칠레, 싱가포르, EFTA(4개국), ASEAN(10개국), 인도, EU(28개국), 페루, 미국, 터키, 호주, 캐나다, 중국, 뉴질랜드, 베트남, 콜롬비아 등과 FTA를 발효한 바 있고 중미 5개국과 FTA를 체결한 바 있다. FTA 체결에 따른 수입량이 급증하여 가격 하락의 피해를 입은 품목의 생산자에게 가격하락 일정 부분을 지원함으로써 어업인의 경영 안정을 도모하고 피해를 보전 근거 법령 정비도 늦출 수 없는 상황이다. 민관협력 기반 다각적인 노력을 통해 첨단 어업이 지역경제 회생의 원동력으로 자리 잡게 되기를 기대한다.

경계를 넘나드는 사람 신화를 만들다

국제도시를 위한
산업구조 재편

여러 종류의 도시들이 있다. 수도, 특별시, 직할시, 지방도시, 국제도시, 세계도시, 글로벌 도시 등 수많은 도시들이 있다. 포항은 어떤 도시인가? 인구 50만이 넘는 한반도 동남권에 위치한 도시이다. 어업 및 농업으로 오랜 역사를 이어 오다 포항제철이 들어서면서 한국 근대화를 이끄는 철강도시라는 명예를 얻게 되었다.

해병대 기지와 함께 우리나라 해병대의 주력부대가 위치하는 해병대 도시라는 이름으로 기억하는 이들도 많다. 그간 해병대를 거쳐 간 분들에겐 적어도 그 이름이 가장 확실하게 포항을 기억하게 하는 수식어일 것이다.

환동해중심도시라는 이름도 자주 듣게 된다. 포항시가 내건 슬로건 덕분에 플래카드나 각종 자료, 가사에서 접하게 되는 포항의 이름이다. 이와 함께 최근에는 국제도시라는 호칭이 포항 앞에 붙게 되는 경우가 늘어나고 있다. 영어로는 인터내셔널, 월드, 글로벌 등으로 번역되는 개념이 포항에 적용되고 있는 이유가 무엇일까? 먼저 세계적인 다국적 기업의 존재다. 포항에는 포스코의 존재가 이를 뒷받침해 주고 있다. 수년 전까지만 해도 세계 최대의 생산량을 자랑하는 1위 기업이었고 경쟁력 측면에서는 세계 최고의 자리를 오랫동안 유지해 오고 있다.

다보스 포럼이 선정하는 '등대 공장'에도 선정되어 포항의 존재를 세상에 알리는데 기여한 바 있다. 그리고 국제기구의 존재다. 동북아자치단체연합사무국이 포항에 있는 것은 포항의 국제화 행보에 대단한 행운이다. 한·러 지방협력포럼이 포항에서 열렸고, 포항을 중심으로 극동아시아 경제 협력을 추진해 나가자는 합의가 도출된 것도 이와 무관치 않을 것이기 때문이다. 세계에서 4번째로 건설한 제4세대 방사광가속기가 포항에 있다. 4차 산업혁명을 주도할 다양한 글로벌기업들이 이 첨단 과학 장비가 있기 때문에 포항을 찾고 있다.

'2019 패러글라이딩 월드컵 대회'가 2019년 8월에 포항에서 개최되어 국제적인 면모를 과시했다. 러시아와 일본 한국을 연결하는 대형 크루즈 선박에서 여행객들이 포항을 방문하고 세계에 포항을 소개하

경계를 넘나드는 사람 신화를 만들다

고 있다. 국제 수준으로 정비가 필요하지만 쌍사 '젊음의 거리'에서는 24시간 여러 국적의 젊은이들이 한류라는 프레임 안에서 청춘을 마음 껏 발산하고 있다. 이상의 증거들은 포항이 이미 국제도시라는 조건을 갖추고 있다고 볼 수 있다.

하지만 유감스럽게도 이것만으로는 지역사회 주민들의 체감을 비롯해 대내외적으로 포항이 국제도시라는 평가를 얻기에는 미흡한 부분이 있다. 삶의 수준과 행복을 높여줄 경제 기반, 즉 산업구조의 재편이함께 따라줘야 한다는 것이다. 이런 의미에서는 포항의 갈 길은 아직멀다. 여전히 포항 경제는 철강 및 금속제조업이 차지하는 비중이 월등히 높기 때문이다.

포항 경제의 재편에 대해서는 오랫동안 많이 회자되어 이제 신선도를 상실하고 있다. 벌거숭이 임금님과 늑대 소년 이야기처럼 신뢰를 상실하여, 선거 때나 듣게 되는 체감되지 않는 슬로건이 되고 있다. 그이유는 목표만 있었고 구체적인 방법론을 찾아내지 못했거나 설령 찾아냈다 하더라도 이를 추진할 동력을 발휘하지 못했던 까닭이라고 진단하고 싶다. 세상은 지금 일찍이 경험하지 못했던 '파괴적 혁신'이 일어나고 있다. 기존의 제품이나 방식을 조금 고쳐서 고객의 눈길을 끌어 보겠다는 생각으로는 오늘날 혁명과도 같은 변혁의 시대에서 살아남기 어렵다. 기업도, 정부도, 개인도 이러한 흐름에서 예외일 수 없다. 개인 삶의 전 영역에서 발생하는 빅 데이터를 어떻게 집적하여 이에 가치와 생명을 부여함으로써 새로운 비즈니스 모델을 찾아낼 것인가 하는 데이터 산업의 성공이 대안이다.

이러한 문제해결의 실마리를 찾기 위해 환동해연구원이 2019년 10월 27일 '민간주도 환동해경제공동체 구성의 실효성과 포항의 국제도시 성장 기능성'이라는 주제로 정책세미나를 개최했다. 짧은 준비기간과 늦은 개최 시간대임에도 많은 분들이 참석해 포항의 미래에 대해 함께 지혜를 모았다. 포항의 활로를 모색하라는 참석자들의 기대와 지적에 각오를 새롭게 다져본다.

경계를 넘나드는 사람 신화를 만들다

포항의 미래, 데이터서비스 기반
스마트시티에서 찾다

포항의 미래 모습에 대해 여러 가지 개념들이 논의된 지 많은 시간이 흘렀다. 스마트시티, 환동해 중심도시, 국제 관광도시, 행복도시 등 알 듯 모를 듯 주변에서 회자되고 있는 포항을 수식하는 말들이 많다. 그런데 이 말들이 의미하는 개념이나 정의에 대해서는 어느 누구도 명쾌하게 설명해 주는 사람이 없는 것 같다.

IT가 세상을 움직이는 오늘날 데이터와 서비스를 효율적으로 활용하여 시민들의 삶의 질을 향상시키는 스마트시티Smart City는 도시 혁신의 필수불가결한 대안으로 부상하고 있다. 미국 뉴욕시의 경우 2012년부터 데이터 공개를 위한 조례를 제정하고 플랫폼과 포털을 구축하고 모든 공공 데이터를 지정된 단일 포털에 공개하는 것을 의무화 하였다. 이와 함께 지역 대학을 중심으로 스마트 데이터를 사업화할 수 있는 핵심 민간 파트너를 양성하는 등 시정 프로세스와 행정 전 부문의 조직 문화를 혁신하는 동시에 민간 부문과 협업을 적극 추진해 오고 있다.

오랜 기긴 철강산업 일변도에 의존해 온 포항 경제는 다른 어느 도시보다도 스마트시티 조성이 시급한 상황이다. 종래에는 스마트시티가 하드웨어나 인프라를 구축하여 시민들의 삶을 통제하고 관리함으로써 공공 주도의 편익을 제공하는 개념이었다. 그러나 뉴욕이나 암스테르담, 두바이 등의 사례를 보면 미래의 스마트시티 개념은 달라지고 있음을 알 수 있다. 시민들의 자발적이고 적극적인 참여와 소통을 통해 데이터가 모아지는 플랫폼이 만들어지고 이를 생활 전반에 활용하는 생태계를 조성하는 개념으로 변화하고 있다.

이러한 상황에서 포항은 스마트시티 구축을 위한 지역사회 차원에서 도시의 미래 모습에 대한 공감대가 필요하다. 스마트하게 변모한 포항이 가져다 줄 미래 모습을 제시하고 시민들의 자발적이고 적극적인 참여를 위한 공청회나 교육의 기회가 더 많아져야 한다. 스마트시티 조성은 결코 지자체 공무원들의 노력만으로 실현되기 어려운 과제다. 안전, 교통, 의료, 복지 등 다양한 데이터를 효과적으로 집적하여 이를

경계를 넘나드는 사람 신화를 만들다

첨단 비즈니스로 연계할 수 있는 전문가들과 끊임없이 소통해야 한다. 지역에 소재하고 있는 관련기관의 협업을 통해 문제를 해소하고 한정된 자원을 최대한 효과적으로 사용해야 한다.

스마트시티 조성은 장기적인 관점에서 데이터 플랫폼을 기반으로 하는 벤처 생태계 조성이 선결되어야 한다. 안전, 교통, 복지 등 공공부문과 의료, 헬스, 에너지 사용 민간 부문의 데이터를 효율적으로 연결하여 이를 가치 있게 활용함으로써 궁극적으로 시민들의 삶의 질을 향상시키기 위해 필요한 전략을 체계적으로 실행해 나가는 것이 무엇보다 중요하다. 지역경제 활성화 방안으로서 끝없이 되풀이되고 있는 기업유치 문제도 포항이 진정 스마트시티로 거듭나게 된다면 자연스럽게 해결될 것으로 본다. 50만 명이 넘는 시민들의 각종 데이터들이 효과적으로 모아지고 이를 비즈니스에 활용할 수 있다면 국내뿐만 아니라 글로벌 첨단 기업들도 포항에서 새로운 기회를 모색하게 될 것이 분명하다.

도시가 스마트해지기 위해서는 지역 산업의 콘텐츠 또한 이에 병행하여 변모해야 되는 것은 두 말할 나위가 없다. 하지만 포항 경제는 여전히 금속 및 철강 중심의 구조가 달라지지 않고 있다. 지역 차원에서 전문가를 활용하여 실질적인 연구결과를 도출할 수 있도록 민관 나아가서 산학연까지 포함한 협력 프로그램을 유연하게 가동시켜야 한다.

포항 벤처밸리 구축과 관련하여 지곡 일원을 중심으로 한 민간 데이터 비즈니스 시범단지 조성을 적극 추진하여 포항이 보유하고 있는 우수한 자원을 효과적으로 활용해야 한다. 세종특별자치시나 부산광역시가 역점을 기울이고 있는 스마트한 데이터 서비스 사업을 오히려 포항이 더 잘 할 수 있다. 철강을 중심으로 밀집되어 있는 단지 내 주민들이 생성하는 각종 데이터에 어느 벤처기업이 먼저 가치를 부여해낼 것인가 그것이 관건이다.

경계를 넘나드는 사람 신화를 만들다

기초과학의 보고寶庫
국제벤처밸리

정체성이란 자신이 누구인지 스스로 인식하는 것을 의미한다. 사람 뿐 아니라 도시에도 적용될 수 있는 개념이다. 포항은 어떤 도시인가? 한반도 동남권에 위치한 자그마한 기초 지방자치 단체인가. 과연 이게 다일까. 그렇지는 않다. 우선 경상북도 제일의 도시이다. 인구 50만이 넘고 국회의원이 2명이나 된다.

환동해 경제권의 중심도시로 지속 가능한 발전을 지향하고 있다. 역사적으로도 포항은 한반도의 문물이 태평양 지역 국가로 전래되어 가는 가장 중요한 요충지이자 선진 문물을 받아들이는 관문 역할을 한 흔적들이 곳곳에 있다.

역사적인 기록을 보더라도 포항은 환동해 경제권의 중심 도시로 자리 잡아야 할 숙명적인 당위성을 가지고 있다. 이를 위해 필수적인 요소가 글로벌 벤처밸리를 조성하는 것이다. 포항에 실리콘밸리 같은 특구를 추진하자는 목소리는 나온 지 오래되어 어딘가 진부하게 들린다. 포항에 와서 창업하고 성장한 기업들은 대부분 서울이나 수도권으로 올라간다. 벤처기업 인증을 받고 판교나 수도권에 위치해야 대기업 다음으로 우수한 인력을 구할 수 있게 된다. 이들 기업을 포항으로 유치하는 것은 상당한 난제다. 그러다 보니 구호를 외치는 활동만 부산하고 어차피 안 될 것이니 성과는 나 몰라라 하는 분위기가 자리 잡게 되었다.

포항의 우수한 연구기반 시설을 활용하기 위한 기업들 목소리를 들어보면 연구소는 포항에 위치하는 것이 가능하고 기업 활동에 유리하다는 입장이다. 각종 연구기관과 4세대, 3세대 방사광가속기를 활용하여 삼성, LG, 현대 SK 등의 대기업을 비롯하여 중소 벤처기업들의 연구소를 포항에 유치하는 것이 가능하다. 국가 시설인 가속기를 활용해서 경상북도, 과학기술정보통신부에서도 관련 기업유치 정책을 펼치고 있긴 하나 아직 이렇다 할 성과가 없는 상황이다.

바이오 신약 분야 벤처 기업들의 경쟁력 향상에는 방사광 가속기가 필수적이다. 국내 뿐 아니라 글로벌 기업들도 마찬가지이다. 가속기

연구소를 활용하기 위하여 연구소, 연구기업들이 포항으로 내려올 이유는 있다. 이들 기업을 지원할 연구기획부터 주식 상장까지 추진전략을 세워야 한다. 다른 신약개발과의 차별화를 위하여 인공지능[AI]을 활용하는 방안도 포항시 강소연구개발 특구 차원에서 지원해야 한다. 신약개발 프로세스에 있어 포스텍은 전반부에 강점이 있으나 후반부는 취약하므로 지역 연고 기업 네트워크 구축, 포스텍 동문기업 활용 등 이를 보완할 방법을 강구해야 한다. 역사상 일찍이 경험해 보지 못한 4차 산업혁명이 진행되고 있는 오늘날 데이터 처리 산업은 새로운 비즈니스 모델로 떠오르고 있다. 일단 포항지역의 우수한 인프라를 활용한 데이터 거래 플랫폼을 구축하고 이를 기반으로 오픈 프로세스로 데이터 집적 서비스를 확대해야 한다.

데이터 거래 플랫폼 운영에는 상당한 비용이 수반되므로 구축할 데이터(수도, 전기, 통신, 인적 등)의 설계는 다 같이 하고 데이터 사용에 있어 무료를 희망하는 기업은 지적재산권 공동소유, 주식 등으로 비용을 대신할 수 있게 된다. 서울대, KAIST, LG, 삼성, 글로벌 기업 등 외부 사용자도 초청하여 지곡 주택단지 내에 테스트 데이터 센터를 설립하여 데이터 구축, 분산, 통신 등의 전문 인력을 활용하여 스마트시티를 구축해 나갈 수 있을 것으로 본다.

스마트시티 포항이 조성되면 무엇보다 지역사회의 품격을 높일 대중 교육이 확충될 것으로 기대된다. 일반 대중을 위한 글로벌 문화관련 교양교육과 청소년 대상 방사광 가속기 등 과학 체험, 경주 문화유적 탐사, 독도 가상현실 등 형산강 테마파크 등도 생각해 볼 필요가 있다. 전통 제조업과 기술 벤처기업 시대를 넘어 앞으로는 문화, 라이프 스타일 등 콘텐츠를 기반으로 하는 비기술 벤처기업들이 세상을 리드하게 될 것이다. 이러한 기대를 할 수 있는 것은 세계적인 산학연 연계 체제를 포항에 남겨 준 박태준이라는 거인의 신건지명 덕분이라는 생각도 하게 된다.

미래전략 없으면
포항 경제 희망 없다

'문제는 경제야 바보야'는 미국 대통령 선거에서 민주당의 빌 클린턴 후보 진영에서 내걸었던 선거 운동 문구다. 빌 클린턴 후보는 1992년 현직 대통령인 공화당의 조지 H. W. 부시를 누르고 당선되었다. 원래는 클린턴 선거 캠프 내부 직원들을 대상으로 내걸었던 세 가지 문구 중 하나로 쓰인 것으로, 'The economy, stupid'(경제라고 바보야)라는 말이었다. 그러나 클린턴 진영에서 부시 대통령을 누르기 위한 선거전략 중 하나로 당시 미국이 겪고 있던 불황 문제를 꺼내면서 외부 유권자들에게도 활용되었다. 실제로 걸프 전쟁 당시였던 1991년 3월, 부시 대통령의 업무 수행 지지율은 90%에 달했으나 임기 말이던 1992년 8월에는 여론이 돌아서 64%로 급락하였다.('위키피디아' 참고)

'문제는 경제야 바보야'라는 클린턴 대통령 슬로건은 지금 포항에 딱 들어맞는 구호다. 경제 활성화 없이 포항의 살 길은 없어 보인다. 그간 많은 사람들이 주장했던 기업유치는 목표만 있었을 뿐 구체적인 방법론이 결여되어 있었다. 국내 기업뿐 아니라 글로벌 기업들을 포항으로 유치하기 위해서는 무엇보다 포항이 환동해 중심 글로벌 도시로 성장하지 않으면 안 된다.

우리 역사에서 동해는 서해보다 상대적으로 가치를 인정받지 못했다. 서해가 중국으로 가는 교역의 바다였다면, 동해는 열강들의 각축으로 아픔의 바다로 기억되기 때문이다. 150년 전, 이미 세계열강들은 동해의 지정학적 가치를 높이 봤고 한반도와 국제사회를 동해 바닷길로 연결시키려 했다.

최근 들어 환동해를 낀 한반도와 주변국의 관계가치가 부상하면서, 정부는 국가 주요정책을 두 가지로 요약 발표한바 있다. 신북방정책으로 러시아를 거쳐 유럽까지 진출하는 것과 신남방정책으로 동남아를 거쳐 인도까지 확장하는 한국형 실크로드 개척이 그것이다. 우리 정부의 움직임에 맞춰 러시아와 중국에서도 신동방정책과 일대일로 정책을 발표해 자국중심 교역로 개척에 드라이브를 걸고 있다. 이처럼 환동해는 생계를 위해 어선을 띄우던 작은 바다의 의미를 넘어 아시아 열강들이 핵심가치를 논하는 격변의 장으로 변하고 있다.

경계를 넘나드는 사람 신화를 만들다

지금 포항 중심 환동해시대가 열리려 하고 있다. 환동해경제권 거점으로 지리적 요건을 갖춘 포항은 육지와 해양문화가 어우러진 천혜의 자연환경이 스페인 빌바오를 닮아 있고, 바닷길이 국제사회와 연결된다면 스웨덴 말뫼에 버금가는 세계적 친환경 도시도 꿈꿀 수 있다. 이념을 초월한 다양한 사람들이 모여들고, 세계를 무대로 교역과 교류가 빈번한 홍콩을 능가하는 국제도시로 성장할 수도 있다. 이러한 잠재력에도 불구하고 포항의 국제도시 성장은 몇 가지 전제조건에 놓여 있다.

민간이 주도하는 포항 중심 환동해경제공동체 구성과 국제 지역사회에 대한 깊이 있는 연구 그리고 국제 교역에 앞서 문화적, 정서적 차이를 좁혀가는 다각적 노력이 병행되어야 가능하다. 그런 점에서 환동해연구원의 설립목적 또한 이러한 전제조건 수행에 역할이 맞춰져 있다. 환동해연구원은 국내 유일 환동해 전문 민간종합연구기관이라는 특화된 전문영역을 제도나 관습으로부터 자유로운 체제에서 다음과 같은 세 가지 주요과제를 중심으로 연구를 수행해 갈 것이다.

첫째, 환동해 국제 지역에 대한 토대 연구의 완성이다. 국내 최초로 국제 지역에 대한 면밀한 토대연구를 학제별로 완성하는 전문연구기관으로 자리 잡는 일이다. 또한 연구결과물이 국제관계에서 실제 교역과 교류를 여는 단초로 제공될 수 있게 된다. 둘째, 환동해 전문가육성 프로그램 운영이다. 환동해시대를 이끌어갈 국제 지역관련 분야별 교육 프로그램이 그 핵심이다. 셋째, 민간 기업을 회원으로 한 경제공동체 기구를 구성하는 일이다. 아시아 4개국 민간 기업주도 환동해경제공동체를 구성하고, 경계를 초월하는 상반상성相反相成 교역 시스템이 가동될 수 있도록 지역의 우수한 두뇌를 함께 모으는 일이다.

이와 함께 현재 진행 중인 포항 벤처밸리 조성을 지역사회 차원에서 협력하고 활용할 필요가 있다. 포스코가 2조 원의 벤처 펀드기금을 운용해서 신성장 사업 발굴과 국가 경제 활성화를 위한 대안 마련에 부심하고 있는데 지역사회는 이를 의미 있게 활용해야 한다. 벤처 기업 인큐베이팅 센터와 데이터 센터 등 인프라 조성에 최대 2,000억 원을 투자하겠다는 계획은 무엇보다 지역사회와 긴밀한 협력을 바탕으로 진행되어야 할 것이다.

세계적인 과학연구기반인 방사광 가속기와 세포막단백질 연구소, 나노융합센터 등 최고 수준의 연구기반을 효과적으로 활용하고 포스텍과 한동대의 우수한 인재를 연계시키는 전략을 시행해 나가야 한다. 이는 매우 단순하고 상식적인 얘기지만 십여 년째 지역 사회 지도자들은 이를 성공적으로 실행하지 못하고 있다. 지역사회 두뇌들이 정말 허심탄회하게 마음을 열고 지혜를 모을 때 포항은 비로소 동북아 국제 중심 도시로 부상하게 될 것으로 확신한다. 환동해연구원은 지역 우수 인재들의 적극적인 참여를 기대한다.

경계를 넘나드는 사람 신화를 만들다

경계를 넘나드는 사람
신 화 를 만 들 다

4장

문화 정체성 살려야
포항미래 있다

포항 경제 활성화라는

꿩을 잡을 매는 과연 없는 것인가.

꿩이 너무 날쌔고 사나워 비실비실한 매가

자신의 기량을 발휘하지 못하고

있는 것인가. 아니면 꿩 사냥에

적합한 매를 키워오지 못하고 있는가.

성을 쌓는 자 망하고,
길을 여는 자 흥한다

동틀 무렵 장기읍성 북문을 향해 걸음을 옮기기 시작했다. 가쁜 숨을 몰아쉬며 성곽에 오르자 장기들녘이 한눈에 들어온다. 장기읍성은 높지 않은 산세를 활용해 돌로 쌓아 올린 전형적인 산성山城 형식과 왜적 방어를 위한 읍성邑城 형식을 두루 갖춘 성곽이다. 성내에는 향교가 있고 옹기종기 몇 가구가 모여 작은 마을을 이루고 있어 오래된 마을임을 짐작할 수 있게 한다.

성곽은 마을 전체를 감싸듯 산등성이를 따라 돌을 쌓아 축조되었다. 성곽에 올라서면 어느 방향에서 보아도 마을을 중심으로 한눈에 들어오는 작은 읍성이다. 굴뚝연기가 피어나는 곳에서 인기척이 들릴 정도로 성곽과 마을은 지척이다. 그 옛날 왜적들이 상륙하면 처음 마주했던 장애물이 이 작은 읍성이었다. 장기들녘이 여명에 붉게 물들었다. 지붕에 오른 수탉이 목청 높여 울어보지만 왠지 안타까운 생각만 든다. 성곽은 전쟁의 산물이다. 이름 없는 수많은 백성들의 죽음이 남겨놓은 슬프고도 안타까운 역사를 담은 현존하는 문화물이다. 동시대 가치를 지키기 위한 방어시설이라는 점에서 적과 아군을 극단적으로 구분 짓는 경계지점이기도 하다. 그런 점에서 수비히는 쪽은 성곽을 최대한 크고 높게 쌓아야 방어에 유리했고, 공격하는 쪽은 수비군에 비해 몇 배의 기동력과 병력을 갖추어도 인적·물적 손실을 각오해야만 했다.

우리나라 성곽은 크게 두 가지 형식으로 되어있다. 가파른 산세를 그대로 이용해 돌을 쌓은 산성의 형식과 평지에 흙이나 돌을 쌓은 평지성이다. 이들 성곽 대부분은 도성都城을 중심으로 이를 수호하는 수비군을 지원하는 산성이거나 백성들의 생업지인 고을에 읍성을 쌓아 유사시에 백성들까지 수용할 수 있도록 만들어졌다. 우리나라는 국토의 규모에 비해 성곽의 형식뿐만 아니라 수적인 면에서도 단연 으뜸이다. 웬만한 산이나 도시에서 산성과 읍성 한 두 개 정도는 흔히 볼 수 있다. 그야말로 국토 전체가 성곽에 둘러싸인 미로라 해도 과언이 아니다. 그럼에도 우리역사에서 한 번도 함락되지 않은 성곽은 없었다.

1636년 동지섣달이다. 청 태종 홍타이지는 15만 대군을 이끌고 조선

경계를 넘나드는 사람 신화를 만들다

정벌에 나섰다. 당시 국제정세에 어두웠던 조선의 사대부들은 명과의 의리를 내세우며 '오랑캐' 청과의 전쟁을 불사하겠다며 호언했다. 얼어 붙은 압록강을 건너 파죽지세로 한양까지 내려온 용골대는 "너희가 선비의 나라라더니 어디에도 나를 맞이하는 자가 없구나"라며 조롱했다. 경기도 광주 쌍령리 전투에서 청나라 기병 33기가 2만의 조선군을 궤멸시켰다. 강화도로 가는 길이 막히자 임금은 남한산성으로 들어간다. 이때 청 태종이 남한산성에 서신을 보낸다. "몸뚱이는 밖으로 내어놓고 머리만 처박은 형국으로 천하를 외면하려느냐." "너희는 벼루로 성을 쌓고 붓으로 창을 삼아 내 군대를 막으려 하느냐."며 항복을 종용하였다.

일본 전국시대의 무장 다케다 신겐은 1564년까지 다섯 차례 전쟁을 승리로 이끈 명장이다. 이중 네 번째 전투는 일본 전쟁사에서 전설적인 전투로 불릴 만큼 유명하다. 전장에서의 그의 전투방식은 오로지 공격이다. "사람이 곧 성이고 성벽이며 해자다"라고 말할 정도로 천지에 함락할 수 없는 성은 존재하지 않는다고 했다. 그런 이유로 성을 버리고 주로 그의 저택에 거주하며 전장에 출전했다고 한다.

몽골의 수도 울란바토르 근교 황량한 초원에는 두 개의 비석이 서있다. 돌궐 제2제국의 재상인 아시테 투뉴쿠크Tonyukuk의 비석이다. 그는 본래 당나라의 장수였으나 돌궐의 반란에 가담해서 당나라와 맞서 싸운 중요한 역할을 한 인물이다. 그의 비석에는 돌궐의 고대문자로 새겨져 있는데 "성을 쌓는 자 반드시 망하고, 끊임없이 이동하는 자 살아남는다."고 되어있다. 말을 타고 유럽대륙까지 휩쓸었던 몽골리언 기질이 고스란히 담긴 문구이다. 그들에게 성곽을 쌓아 정주한다는 것은 죽음을 의미한다. 길을 열어 미지의 세계로 나아가려는 유목본능이야말로 생존이라 판단했던 것이다. 목적지까지 갈 수 있는 최소한의 식량만 준비한 채 신속하게 적을 평정하고 필요한 자원은 점령지에서 조달한 후 다시 다음 목적지로 이동하는 전투방식은 당시 어떠한 군대도 대적할 수 없었다.

중국이 기원전 220년부터 쌓았던 만리장성도 결국 1271년 이들의 침입을 막지 못하고 원나라와 청나라가 세워졌다. 동·서양을 막론하고 성곽을 쌓은 민족은 패망의 길을 걸었다. 반면 경계를 넘고자 길을 뚫었던 민족은 동시대 세계사를 자국 중심으로 움직이며 새로운 문명을 일으켰다. 그리스가 인도까지 진출하면서 헬레니즘이라는 새로운 문화를 탄생시켰고, 로마에 의해 유럽대륙은 처음으로 정치, 문화, 경제적으로 한층 동질화된 오늘날의 모습을 갖추게 되었다. 몽골은 지난 1,000년 동안 가장 짧은 시간에 가장 넓은 제국을 건설하며 유라시아세계를 하나로 묶었다. 안타깝게도 우리의 역사 대부분은 성곽 쌓기만 열중한 방어의 역사이다. 개항기 서구 자본주의 국가들이 물밀 듯이 몰려와 통상을 요구하던 시대에도 우리는 성을 쌓기에 바빴다. 50여 년 전 경부고속도로가 건설되던 시점 변형윤 교수를 비롯한 서울대

포항의 장기읍성은 높지 않은 산세를 활용하여 마을 전체를 감싸듯 산등성이를 따라 축조한 전형적인 산성형식이다.

상대 교수 전원은 "고속도로를 만들면 부자들이 기생들과 첩들을 싣고 유람 다니는 도로에 불과할 것"이라며 혹평을 퍼부었다. 이때 야당 정치인들도 합세해 "머리보다 다리가 크고 양팔과 오른쪽 다리가 말라버린 기형아 같은 건설"이라며 공사 중인 고속도로에 드러누워 반대했다. 그로부터 다시 50년이 지났다. 지금도 우리는 비행기와 배를 타지 않고서는 외국으로 갈 수 없는 섬나라나 다름없는 신세이다. 환동해시대를 마주한 현시점에서 국제사회로 연결된 포항의 길을 묻지 않을 수 없다. 세계 역사는 하늘로 바다로 육지로 길을 뚫은 사람들이 이끌었음을 잊지 말아야 한다.

탑산은 포항의 수호신

조선 중기의 무신 임경업 장군은 평소 두 자루의 검을 곁에 두었다고 한다. 장검인 용천검龍泉劍에는 "석자 용천검은 만권의 책이로다. 하늘이 나를 냈으니 그 뜻이 무어더냐. 산동에선 재상이 나고 산서에선 장수가 난다고 하나 너희가 사내라면 나 또한 사내로다."라는 글귀가 새겨져 있다. 단검인 추련검秋蓮劍에는 "시간은 다시 되돌아오지 않으니, 한번 나고 죽는 것일 뿐 장부의 한평생 나라의 은혜 갚을 마음뿐이로다. 삼척 추련검 십년을 갈았네."라는 글귀가 새겨져 있다고 한다. 임경업 장군의 장부다운 기질과 국가보은에 대한 충성심이 두 칼에 오롯이 담겨있다.

탑산에 올라 충혼탑 호국영령께 인사를 올렸다. 탑산은 비록 산세는 나지막하지만 거창한 여러 이름을 가진 산이다. 산의 형세가 봉황이 날아가는 모습을 하고 있다고 해서 '봉황산'이라고 하고, 말이 바다를 향해 달려가는 모습이라 해서 '주마산'이라고도 하며, 대나무가 우거졌다고 해서 '죽림산'이라 불리다가 1957년 8월, 이곳에 충혼탑이 건립된 후부터 '탑산'이라는 이름으로 불리게 되었다. 우리나라 산은 이름 없는 산이 거의 없다. 그중 가장 흔한 이름이 앞산이고 그 다음으로는 남산, 서산, 동산 등이다. 이러한 산의 이름은 마을을 중심으로 산이 자리한 위치에 따라 붙여진 이름일 가능성이 높다. 산의 형세나 특별한 의미를 담아 이름 붙이기 모호할 때 주로 붙여진 이름들이다.

우리 삶 자체가 자연과 가까웠고 또 자연을 닮았다는 의미하기도 하지만 무엇보다 자연지물 하나도 우주원리로 보면 헛된 존재가 없다는 의미에서 붙여진 이름들이다. 마을 앞에 있으면 앞산으로 불렸고, 남쪽에는 남산, 서쪽과 동쪽에는 서산과 동산이 되는 것이다. 굳이 방향성을 넣어서라도 이름을 붙여 상징적 의미를 부여하고자 했던 것으로 보인다.

그런 이유에서 우리의 산은 유독 의미로 해석하기보다 산 전체 생김새를 파악한 후 형상에 합당한 이름 붙이기를 좋아했던 것으로 보인다. 다른 지역에 있는 산 일지라도 산 이름만 듣고서도 얼추 형세를 짐

포항의 수호신인 탑산에는 포항의 호국영령을 모신 충혼탑이 포항 시내 전체를 내려다보며 우뚝 서 있다.

작할 수 있는 것이 우리의 산이다. 충혼탑이 있는 탑산의 과거 이름들이 명명된 유래를 살펴보면 대부분 산의 형세에서 기원하고 있음을 알수 있다. 나지막한 산 하나에 그토록 많은 이름이 붙여졌지만 지금 우리가 기억하고 있는 이름은 탑산이다. 결국 우리에게는 봉황, 주마, 죽림이라는 형태에서 딴 이름보다는 호국영령을 모신 탑에 더 큰 의미를 부여하고자 했음을 알 수 있다.

그렇다면 근사한 여러 이름을 기억에서 지워버릴 만큼 탑산은 우리에게 어떤 가치와 의미로 남아있을까. 세대가 바뀌어 전쟁의 흔적은 기억에서 멀어져가고 과거 나라를 다시 일으키겠다며 피땀으로 쌓은

경계를 넘나드는 사람 신화를 만들다

인물보다 오히려 북쪽의 인사를 더 인정하려 드는 어처구니없는 현실을 보더라도 탑산의 의미는 다시 새겨봐야 할 것이다. 자유, 평화, 고향, 가족이라는 단어의 절실함은 어쩌면 전쟁터에서 더 가치를 획득하는 개념어일 것이다.

우리 삶에서 자유, 평화, 고향, 가족이란 어떤 의미일까. 어느 날 일상에서 잊힌 단어들이 불쑥 고개를 내민다면 틀림없이 특별한 의미작용 때문이라 할 수 있다. 자연과학에서는 과거, 현재, 미래를 분리될 수 없는 하나의 끈과 같은 의미로 해석한다. 우리는 과거, 현재, 미래를 의식하지 못하는 수준에서 동시에 경험하고 있는지도 모른다. 우리가 존재를 인식하고 또 미래를 꿈꿀 수 있는 유일한 단서를 찾는다면 과거로부터 끊어지지 않고 연결되어 있는 시간의 끈일 것이다. 동족의 싸움에서 어린학생들과 무명, 유명 장병들의 피 흘림이 있었기 때문에 지금도 우리는 생명으로부터 이탈하지 않은 채 미래로 나아갈 수 있는 것이다.

이곳 충혼탑에는 김춘식 외 47명과 1394위 영령이 군번도 없이 모셔져 있다. 이들이 처절하게 싸워야만 했던 그 전쟁은 무엇을 위한 몸부림이었을까. 이들이 적으로부터 지키고자 했던 것은 무엇이었을까. 이들의 자유, 평화, 고향, 가족은 지금 우리가 느끼고 있다고 믿는 것과 동질의 감정일 수 있을까. 이들은 비록 군번도 없이 이름마저 잊혀진

영령이 되었지만, 지금 우리는 나지막한 산 하나에 바쳐 그 이름 탑산으로 영원히 기억해도 모자람이 있을 것이다. 탑산은 소외된 채 너무나 많은 시간이 흘렀다.

그럼에도 탑산의 영령들은 전쟁으로 폐허가 된 시가지부터 모래벌에 기둥 세워 근대화를 추동한 제철산업의 시작과 번영까지 빠짐없이 지켜보았으리라 생각한다. 탑산의 충혼탑은 여전히 포항 전체를 내려다보며 우뚝 서 있다. 포항의 수호신이 되어 우리를 지키고 있는 것이다.

경계를 넘나드는 사람 신화를 만들다

세오녀의 고장
여성행복도시 포항

지인과 함께 '연오랑 세오녀 테마파크'를 찾았다. 지인이라기보다 친구라 해야 한다. 중학교를 함께 다녔고 오랜 세월이 흘러서 포항에서 다시 만나서 지역 발전을 위해 아이디어를 나누고 있다. 30년 넘게 한 직장에서 일하면서 인문학에 기반을 두고 향토 문화와 역사에 대해 '독자적인 연구'를 하고 있다.

은퇴를 하고 다양한 활동을 하는 분들 중에는 지역사회 역사와 문화에 관심을 갖고 정보와 지식을 공유하는 네트워크가 활발하게 가동되고 있다고 한다. 반가운 일이다. 환동해연구원 차원에서 다양한 사회연결망SNS을 연결시켜 볼 필요가 있겠다. '세오녀와 연오랑'이라고 굳이 순서를 바꿔 그 친구는 설명했다. 주인공이 연오랑이 아니라 세오녀일 수도 있다는 주장을 덧붙이면서.

설화를 현대식으로 풀이해 보면 다음과 같다. 연오랑이 고기 잡다가 해류에 휩쓸려 일본으로 건너가고 고기잡이(어쩌면 해녀 일), 길쌈, 대장간 등으로 남은 가족들의 생계를 세오녀가 억척스럽게 이어가고 있었다. 그러던 중에 일본에서 자리를 잡은 남편이 세오녀를 데워오게 했는데, 그러고 나자 지역 살림살이가 캄캄해져서 마치 태양이 사라진 것과 같았다. 왕실(지배계층)에서는 사람을 보내 이들 부부를 다시 데려오려고 했다. 태양 숭배 믿음은 이집트, 인더스, 황하, 그리스, 아즈텍 등 여러 문명 공통의 요소이다. 인류가 사냥이나 열매를 따먹다가 본격적인 농경시대로 접어들면서부터 빛과 열의 근원으로서 태양은 가히 신과 같은 존재였다.

연구자에 따라서는 세오녀가 철기문화를 지배하는 여성 권력층이었으므로 일본의 여자 왕에 대한 설화와 맥락을 같이 한다고 보고 있다. 물론 설화이므로 한일 양국의 시대적 상황이 반드시 일치할 수는 없다. 어쨌든 세오녀가 직조한 것이 실제 비단이든 아니면 철제 그물이었든 간에 인류 삶에 필수 불가결한 도구임에는 틀림이 없을 것이다.

문화재청은 '국가무형문화재 지정가치 조사 보고'서(2016년 12월)를

연오랑세오녀테마공원은 신라마을, 일월대, 연오랑뜰, 일본뜰, 쌍거북바위 등 볼거리를 갖췄고 영일만 바다와 포스코, 포항 시내를 한눈에 볼 수 있는 명소다.

통해 다음과 같은 연구결과를 발표했다. 한국의 여성문화와 전통 문화 연구의 중요한 요소로서 해녀들의 경제활동과 사회적 지위, 생활사, 항일 항쟁 등 민속학 측면에서 가치가 높다고 밝혔다. 전국에 해녀는 1만2,894명이 등록되어 있고 경북지역에 2,176명, 포항에 1,715명이 활동하고 있다고 집계했다. 이와 함께 국문학자들에 의한 언어, 속담, 신앙 등 생리학, 법학, 지리학, 인류학, 경제학, 역사학 등 다양한 방면의 연구도 진행되고 있다.

세오녀가 해녀였던 비단을 짰던 대장간을 운영한 여성이었던 간에 2000년 이상 그 이름이 전해져 오고 있다는 것은 대단한 영향력이다. 포항이 여성친화 도시로 평가되고 있는 것도 이러한 역사적 배경에서 그 의의가 크다. 포항은 2012년에 전국에 36개 지자체가 여성 행복도시로 뽑힐 때 포함되었고, 2017년에 재 지정되어 여성이 살기 좋은 도시로 면모를 갖추고 있다. 포항시는 여성정책 전문가, 시민단체, 여성 활동가, 공무원 등을 중심으로 '여성친화도시 조성'에 주력하고 있다.

대표사업으로서 철도부지 도시숲공간 활용, 2000만 그루 생명의 나무 심기, 장미도시조성, 문화예술 창직지구에 여성친화 공간 조성 등 다양한 시책을 펼치고 있다. 우리 지역의 여성들은 강인하고 지혜로운 리더십을 보여준다. 한국 전쟁 직후 폐허가 된 포항시가지를 재건하는 과정에서 보여준 억척스런 어머니들, 포항종합제철 건설 과정에서 열연 비상과 돌관 작업이 한창이던 시절에 길게 늘어서서 건설자재와 밥을 나르던 여성들은 포항의 오늘이 있기까지 헌신해 온 '우먼파워'를 실감하게 한다.

맞벌이 여성의 육아와 휴식의 균형, 경력단절여성의 일자리 창출, 장년과 노년 여성의 안전한 생활 기반 등 여성이 행복한 도시를 실현하는 것이 곧 지역경제 활성화로 이어질 수 있을 것으로 본다. 철강, 해병대의 남성미가 물씬 풍기는 기존 포항 이미지에 부드럽고 친근하면서도 온화한 여성 이미지가 더해질 때 비로소 글로벌 중심도시 포항이 완성될 것이다.

경계를 넘나드는 사람 신화를 만들다

광복과 패전,
그 미완의 이야기들

8월 15일은 우리에겐 광복이요 해방이지만 일본에겐 패전의 날이다. 우리는 35년간의 일제 식민지 시대를 마감하는 의미 있는 날이며, 일본에겐 군부의 대동아공영권 망령이 실패로 돌아가고 일왕의 항복 선언이 국민들에게 들리던 날이다. 우리는 정치, 경제, 사회, 문화, 학계 전반에 갑자기 들이닥친 변화로 혼란을 겪었으며, 일본은 맥아더군정이 시작되면서 전범 재판과 일본 국민 전체의 가해 망상과 패전 콤플렉스가 곳곳에서 드러나게 되었다.

한국의 신탁통치는 3년간, 일본의 군부 지배는 10년 가까이 지속되었다. 한국은 그 기간 안에 혼란을 구조적으로 정리할 수 있는 시간적 여유는 없었고 미완의 제헌절과 대통령 취임을 맞게 되었다. 일본은 국가 전반에 구조적인 개조와 정리, 혁신의 기간을 미국의 지도 아래 이룩할 수 있었다. 무엇보다 한반도에서 발생한 6.25 사변은 일본의 국력이 다시 한 번 일어서게 되는 중요한 전환점이 되었다. 전범국가 일본의 전범 기업들은 폭증하는 한국 전쟁의 무기 수요를 충당하기 위해 미국의 묵인 하에 미국의 원조 자본으로 급속한 기술개발과 생산력을 회복하게 되었다. 어느 틈에 일본의 군부 망령은 반성의 기색을 은근슬쩍 아시아 안보 기여라는 군비 생산으로 덮었고, 경제 동물로서의 야심과 본성을 유감없이 드러낼 수 있었다.

한국은 국가 체제의 기본적인 기반을 제대로 갖출 여유도 없이 동족 상잔의 피비린내 나는 싸움을 치루어 내는 동안에 식민지 지배 기간 중에 자행된 각종 죄악과 폭압에 대한 역사적인 점검을 제대로 할 수 없었고 반일과 좌경과 친일, 친미 등의 외교적 인식 형성도 불가능하게 되었다. 오늘날 우리 사회에 기생하는 친일, 좌익 등 이데올로기는 한국전쟁을 전후한 시대적 혼란 상황 속에서 다양한 가짜 뉴스와 견강 부회를 보약으로 오랜 기간 합리화 과정을 거쳤다. 일부에서는 스스로 논리를 가공, 재생산함으로써 지금은 자신들이 무슨 얘기를 하는지 정확한 개념 확립이 없이 집단과 진영의 논리를 국민교육헌장처럼 되뇌고 있는 현실이다. 참으로 안타깝기 그지없는 상황이다.

무수한 외세의 침략을 오로지 백성들의 희생과 투쟁으로 견뎌내 온 이 나라가 아직도 국가 전략보다 외세를 활용하는 것을 손쉽게 생각하는 일부 집단들의 장난에 언제까지 놀아날 것인지 더 이상 국민들은 침묵해서는 안 된다. 양극단을 엄중히 꾸중할 수 있는 국민적 지각 능력과 인식을 확립해야 할 때다.

　친일을 청산하고 좌익을 척결하는 이 모든 일들이 국가를 반석 위에 올려놓는 대의명분위에서 진행되어야 한다. 일본은 미국의 페리 제독의 함포 외교에 굴복한 뒤 부국강병을 위해 국론을 모았다. 무사 정권의 잔재로 전국적인 전란이 사그라지지 않았지만 어쨌든 유신과 개화를 위한 방향에 집단과 파벌의 이해를 잠시 내려놓고 방향을 맞췄다. 그러나 우리는 그러지를 못했다. 아직도 '건국을 70년으로 할 지, 100년으로 할 지' 논란이 있으며 '강제 징용이 있었다, 없었다, 위안부가 매춘이다, 아니다'로 나라가 사분오열되어 있다.

　최근 주한 일본 대사가 바뀌어 한국 정부의 '아그레망' 절차가 진행 중이다. 장인과 사위의 관계가 어느 정도인지는 모르겠으나 새로 부임할 대사의 장인은 일본 우익의 선봉장으로 자위대의 군대화에 불을 지핀 미시마 유키오三島由紀夫라는 사실이 섬뜩하게 와 닿는다. 1970년 11월 25일 일본 자위대 본부 발코니에서 일본 우경화를 촉구하면서 할복 자살로 생을 마감한 그의 유령이 되살아나 우리 하늘을 떠도는 느낌이다. 유니클로와 DHC 등 일본 기업의 행태가 한국 사회와 국민을 조롱하는 행태가 도를 넘고 있다. 한국 시장의 매출 감소와 일본 내 극우 단체들의 지지를 통한 영업이익 증가를 면밀히 계산했을 가능성이 높지만 부디 그 계산이 빗나가길 바란다. 이와 함께 반도체, 소재산업 등 경제구조에 있어서 기본적인 국제 분업의 합리성을 도외시한 무분별한 감정싸움으로 국익을 도외시하는 일도 없어야 할 것이다.

우리에겐
꿩 잡는 매가 있는가

'포항경제 활성화'라는 말은 마치 숨이 끊어진 식물인간 같은 느낌
이 든다. 말 하는 사람의 진정성이 와 닿지 않고 말에도 그 자체의 힘
이 담겨져 있지 않은 것 같다. 필자가 그 말을 입에 올릴 때 상대방의
반응을 보면 시큰둥하거나 무슨 말을 하려는 건지 쳐다보는 경우가 있
다. 어려운 일, 잘 안 되는 일을 하려는가 하는 의미로 받아들여진다.

십여 년 전부터 들어오던 말이지만 '탈脫 철강, 신新 사업 발굴'이 포
항의 미래라는 슬로건이 지역사회의 대안처럼 회자되고 있다. 그런데
그 넘어야 할 철강기업 포스코는 여전히 세계 최고의 경쟁력을 자랑하
고 있고 최근에는 세계경제포럼WEF 으로부터 '등대공장'이라는 칭호까

지 부여 받았다. 탈 철강이라는 구호를 실현시키기 위해서 어느 정도의 노력이 필요한 지 한번 생각해 봐야 할 때다. 뛰어 넘어야 할 장대의 높이가 점점 높아지는데 무슨 탈 철강이 지역경제 활성화의 대안이란 말인지 보충 설명이 필요하다.

세계적으로 포항과 같은 도시가 어려움을 극복한 사례는 많다. 울산 현대중공입 신빅 건조징 한복판엔 거대한 '골리앗 그레인'이 서 있다. 높이 128m, 중량 7,560t인 이 크레인의 출생지는 스웨덴이다. 2003년 말뫼시의 조선소에서 단돈 1달러에 울산으로 팔려왔다. 1980년대까지 세계 조선산업을 호령하던 스웨덴이 '신흥 강자' 한국에 무릎을 꿇은 것이다. 한국으로 실려 가던 날, 수많은 말뫼 시민들이 조선소로 몰려와 그 장면을 눈물로 지켜봤다. 이를 중계하던 현지 방송에선 장송곡이 흘러나왔다.(중앙일보 2016.4.18. 기사 참고)

브라질 쿠리치바 시는 1971년 자이메 레르네르 시장이 본격적인 생태 혁명을 시작한 이래 '지구에서 환경적으로 가장 올바르게 사는 도시' '세계에서 가장 현명한 도시' '희망의 도시'라는 찬사를 받고 있다. 이 도시에서 배워야 할 것은 순환형 사회로 가는 열쇠가 환경 영역에만 존재하는 것이 아니라 문화 영역에서도 존재한다는 사실이다. 이곳에서는 이집트의 알렉산드리아에 있었다는 세계 7대 불가사의 중 하나인 파로스의 등대에 착안해 만든 '지혜의 등대'라는 작은 도서관이 있

경계를 넘나드는 사람 신화를 만들다

다. 이 도서관은 빈민가에 50개 이상이 세워져 저소득층 지역의 경관 개선에 기여하고 있다.(조선일보 2014. 6. 2자)

글로벌 기업 노키아의 경쟁력이 추락하면서 핀란드는 불황의 늪에 빠지게 되었다. 불황의 해결책이 '혁신'임을 간파하고 IT기업을 비롯한 스타트업 지원과 혁신기술 교육에 적극적으로 투자했고, 특히 장기적이고 지속적인 경기 성장을 뒷받침하기 위한 전략으로 전 국민의 1%에게 인공지능AI 교육을 실시하여 빠른 시간에 불황을 극복하고 국민들의 삶을 향상시키고 있다.

핀란드는 4차 산업혁명 시대 개인정보가 엄청난 경제적 가치를 지닐 것에 착안하여 스마트폰 이용 기록, 송금 내역, 병원 진료 기록 등등 하루에도 천문학적인 개인정보를 관리하는 '마이데이터MyData' 정책도 적극 실행하고 있다. 참고로, 2020년 유럽연합EU에서만 개인정보의 가치가 1조 유로에 달할 것으로 예상하고 있다.

포스트 철강산업 이후 포항 경제가 지속적인 성장을 위해 산업구조 재편 등 경제정책 검토 및 수립이 매우중요하다. 포항이 환동해 경제권의 물류 거점 및 경북 동해안 관광 허브 역할을 제고하기 위해서는 포항의 산업구조를 기초소재 중심에서 주력 생산품인 철강제품에 대해 전방연관효과가 높은 금속 부품 및 소비제품 제조업, 로봇 등 기계산업 그리고 포항 경제의 성장에 기여도가 높은 교육·연구 서비스 등 지식기반산업으로 확대 전환할 필요가 있다.

포항 지역에는 우수한 자원들이 매우 많다. 타 지자체에서는 포항의 인프라를 부러워하면서 이런 기관들이 자신들의 지역에 있다면 펄펄 날겠다는 지자체 대표 인사들도 만나 봤다. 그럴 때는 으쓱해지다가도 뭔가 찜찜하고 뒷맛이 개운치가 않다. 포항 경제 활성화라는 꿩을 잡을 매는 과연 없는 것인가. 꿩이 너무 날쌔고 사나워 비실비실한 매가 자신의 기량을 발휘하지 못하고 있는 것인가. 아니면 꿩 사냥에 적합한 매를 키워오지 못하고 있는가. 매의 역량을 가진 경제전문가들의 활약을 기대한다.

경계를 넘나드는 사람 신화를 만들다

포항 문화예술
웅숭깊음에 달렸다

구룡포가 핫 플레이스로 뜨고 있다. 최근 종영한 드라마 '동백꽃 필 무렵'이 구룡포에서 촬영하면서부터 주인공 동백이 운영한 술집 '까멜리아'를 찾는 관광객이 부쩍 늘어났기 때문이다. 드라마 한편이 인기를 끌자 그 덕분에 촬영지까지 덩달아 명소가 된 것이다. '동백꽃 필 무렵'의 주 촬영지인 구룡포 일본인 가옥거리는 드라마 촬영을 위해서 특별히 마련된 세트장이 아니라는 점에서 큰 의미를 가진다.

본래 이곳은 1906년 가가와현의 어업단인 '소전조' 80여 척이 고등어와 꽁치를 잡기 위해 고기떼를 따라 구룡포로 들어오면서부터 일본어민들이 이주하여 만들어진 마을이다. 약 500m 거리에는 일제강점기

드라마 '동백꽃 필 무렵'의 주 촬영지인 구룡포 일본인 가옥거리가 포항의 핫 플레이스로 뜨고 있다.

당시 일본 현지에서 유행하던 목조가옥들이 다양한 형태와 구조로 줄지어 남아있다. 현재 '호호면옥' 간판이 붙어있는 건축물은 당시 구룡포에서 가장 좋았던 숙박시설인 '대등여관'이었다. 일본식 찻집인 '후루사토'는 80년 전까지 이곳에서 인기를 끌었던 요리집 '일심정'이 영업하던 자리였다. 일본풍으로 된 2층 목조 건축물인 구룡포 근대역사관은 본래 가가와현에서 이주한 하시모토 젠기치라는 사람이 살림집으로 기거하던 것을 그대로 활용했다.

오래전 포항시는 구룡포 일본인 가옥거리를 관광명소로 탈바꿈시키겠다는 야심찬 계획을 세웠다. 목조가옥의 특성상 오랜 시간 방치되어 손상이 심각한 건축물은 새롭게 복원하고, 여전히 사용되고 있었던

경계를 넘나드는 사람 신화를 만들다

건축물은 일부 수리를 하여 당시의 모습을 최대한 살려내었다. 지역의 작가를 통해 구룡포 일본인 가옥거리를 소개하는 단행본을 일본에서 배포하자 좋은 반응이 일어났다. 이것을 계기로 일제강점기 구룡포에 이주해 살았던 일본인 후손들을 대상으로 본격적인 홍보가 시작되었고 이곳을 찾는 일본인 관광객은 점차 늘어나기 시작했다. 일본인들의 호기심과 향수를 자극하기 위해 시작된 프로젝트는 지속적인 관광 효과는 거둘 수 없었다. 한일관계가 위안부 문제로 그 어느 때보다 소원해지자 요즘 이곳을 찾는 일본인은 별로 없다.

일제 강점기의 적산敵産일지라도 문화물임은 분명한 사실이다. 문제는 이러한 문화물을 어떻게 처리할 것인가이다. 일제의 잔재라 하여 100년 넘은 건축물을 일시에 철거해 기억에서 사라지게 하는가 하면 수리하고 복원하여 의미를 되새길 수 있도록 하여 새로운 가치를 발휘하게 하는 방법도 있다.

백범 김구선생은 우리 민족의 융성은 문화에 달렸다고 했다. 문화와 이것을 녹여 담은 문화물도 지나치게 개입하면 웅숭깊은 맛이 사라진다. 즉 문화물은 그것이 존재한 동시대성이 그대로 보존되어야 유일적 가치를 가진다. 주말이면 5,000명이 넘는 관광객이 구룡포를 찾아온다. 이유는 인기 드라마 덕분이기도 하겠지만 10여 년 전에 완성한 일본인 가옥거리가 어느덧 숙성되어 당시 의도했던 것과 다른 맛을 보이기 때문이다. 인류 역사상 5,000년을 이어 온 민족의 문화는 흔하지 않다. 백범의 '문화융성론'은 어쩌면 뿌리 깊은 우리 역사에서 나오는 독특하고 깊은 맛이 아닐까 생각한다. 단일민족은 있을 수 있어도 단일문화 즉 고유문화란 존재하지 않기 때문이다.

영국의 행동생물학자이자 진화론자인 리처드 도킨스^{Richard Dawkins}는 1976년 그의 저서인 『이기직 유진자』에서 문화를 모방히고 복제하는 유전자를 밈^{Meme}이라는 한 단어로 규정하였다. 밈은 특정 개인 또는 집단이 가진 행동양식이나 의식이 타인 또는 다른 집단에게 마치 감기 바이러스가 순식간에 감염시키듯 모방하게 하고 이때 자기복제를 통해서 다시 다른 집단에게 전이시키는 것은 말한다. 문화란 모방, 진화, 모방이라는 머리가 꼬리를 물고 순환하는 구조이다. 그런 이유에서 문화는 시간과 공간을 초월하는 주류의 알 수 없는 집단적 에너지 장^場을 통해 확산되기도 한다. 이러한 것을 문화적 동화현상이라 한다.

미국의 생물학자 라이언 라슨이 일본의 사치시마에 살고 있는 원숭이에게 우연히 고구마를 주었다. 처음 원숭이 한 마리가 고구마를 물에 씻어먹기 시작하자 얼마 후 다른 섬에서 살고 있는 같은 종족의 원숭이들이 고구마를 물에 씻어 먹기 시작한 것이다. 라이언 라슨은 이것을 '100마리 속 원숭이 현상'이라 명명하고, 원숭이 무리 속 페이스메이커가 제3의 장, 즉 정보공유의 장에서 문화를 주도한다는 것을 밝혀냈다. 이는 원숭이 집합들이 이루어내는 에너지 장 내에서 새로운 정보들이 서로 교환, 분석, 공유되는 것을 의미한다.

IT관련 사업을 처음 시작할 즈음 스티브 잡스Steve Jobs의 애플사와 온라인시장 개척을 위해 협업한 적이 있다. 그때까지만 해도 스티브 잡스는 화가 '피카소'와 '마크 로스코'의 예술세계에 남다른 관심을 보이며 작품에 심취해 있었다. 그의 문화예술에 대한 관심은 이미 취미를 넘어서고 있었다. 대표의 취미론이 글로벌 기업 애플의 기업문화에까지 점차 스며들기 시작하자 마침내 모든 제품에서도 예술적 감수성이 드러나고 있었다. 기존 휴대폰과는 전혀 다른 형태, 형식, 그립감은 글로벌 시장을 석권하기에 충분한 매력을 주었다. 경쟁사 대부분이 당황할 수밖에 없었다. 급기야 애플 휴대폰에 적용된 특이점을 분석하기에 이른다. 애플은 안드로이드 휴대폰에 다양한 애플리케이션을 적용하고 초기화면에서 모든 앱이 드러날 수 있도록 배치해 사용자중심에서 다양한 장소로 시각이동하면서 사용할 수 있는 방식을 고안하였던 것이다.

애플이 고안한 방식은 새로운 것이 아니었다. 입체파의 창시자인 피카소의 미술론을 역으로 응용한 것이다. 피카소의 그림은 화가가 하나의 사물을 각각 다른 방향에서 바라본 장면을 한 화면에 모아 하나의 그림으로 구성한 것이다. 애플은 사용자 편의성에 초점을 맞추었고,

앱의 시각화로 정보의 플랫폼을 탄생시켰다. 이때 참여한 애플의 디자이너는 40여명에 불과했다. 이들 대부분이 40~50대 가 주축이었던 반면, 삼성의 디자이너는 1,000여명에 달했었고, 20~30대가 주축을 이루었다.

스티브 잡스가 위대해 질 수 있었던 것은 삼성보다 연령이 높은 디자이너들과 함께 개발하면서 이들의 경험을 제품에 녹여 담고 여기에 문화·예술적 요소를 가미하면서 묵직한 괴물을 탄생시켰다는 점이다. 물론 수석디자이너 조너선 아이브Jonathan Ive가 디자인 전반을 이끌었다. 현재 사용하고 있는 휴대폰의 형태와 앱의 배치방식 등 대부분은 애플에서 나온 것이다.

애플의 디자인은 가볍지 않다. 묵직함이 배어나는 문화·예술적 감성을 동원하고 있어 기계의 차원을 넘어선 새로운 현대예술이라는 평가를 받은바 있다. 문화예술은 역사만큼 그 사람만큼 웅숭깊음이 품격으로 드러나는 법이다. 포항의 문화예술을 다시금 되돌아보게 한다.

　　　　　　　　　경계를 넘나드는 사람 신화를 만들다

21세기 포항의 새로운 신화
환동해 국제도시

전 세계에서 해와 달의 신화가 동시에 존재하는 곳은 포항이 유일할 것이다. 인덕산 아래에는 작은 동네가 있는데 바로 원동이다. 지금은 비행기가 포항공항으로 하강하는 이 자리는 기원전 57년 신라가 건국되기 전, 사로국을 중심으로 진한 12국이 있던 시절에 12국 중의 한 부족국가인 근기국의 고현성이 있었던 자리이다. 성터 앞에서부터 오어사 계곡까지 고인돌 군락이 있는걸 보면 그 규모를 짐작할 수 있다. 지금은 일부 터만 남아있다.

근기국은 신라 8대 왕인 아달라 이사금 때 신라로 편입되었다. 근기국 백성인 연오랑 세오녀는 도기야(도구)에서 일본으로 건너가 새로운 지배세력이 되었다. 연오랑 세오녀의 일월신화도 여기서 시작된다. 삼국유사의 기록을 보면 신라 8대 왕 아달라 이사금 4년(157년), 동해에 살고 있는 연오와 세오가 일본으로 건너가니 해와 달이 빛을 잃었다가 일본에서 보내온 세오녀의 비단으로 제사를 지내니 해와 달이 다시 빛을 찾았다고 기록하고 있다. 세오녀가 보내온 비단을 보관했던 창고를 '귀비고' 라고 한다. 이 내용에 근거해서 동해면 임곡리 청룡회관 근처에 '귀비고'를 짓고 연오랑 세오녀 테마공원을 조성했다.

일부 학자의 주장에 따르면 연오랑 세오녀는 철기를 생산하는 부족장이었다. 이들이 일본으로 건너가는 바람에 일월지 옆에 있는 제철소에 불이 꺼졌고 일본에서 세오녀가 비단에다 제철기술의 비결을 적어 보내 제사를 지내고 적힌 그대로 시행하니 용광로에 불이 들어와 제철사업을 다시 할 수 있게 되었다고 한다. 그렇다면 포스코는 1800여 년 전 일본으로 건너갔던 출발지에 다시 돌아온 모양새가 된다. 지금도 청림에서 도구에 이르는 바닷가의 백사장은 사철이 많아 여름이 되면 뜨거워서 맨발로 다니기 힘들 정도다. 이곳에서 생산되는 시금치는 철분 함유량이 높기로 유명하다.

진흥왕 이후로 신라 왕실에서는 제실祭室을 신광에 두고 제철소를 운영했다고 한다. 포항은 오래 전부터 철을 생산해 국가경제에 중요한 역할을 해온 지역이다. 철을 생산하려면 사철을 모으고 적송으로 장작

경계를 넘나드는 사람 신화를 만들다

을 삼아 72시간 불을 때워야 한다. 당시의 제철산업은 많은 물과 적송을 필요로 했다. 오천 해병대 안에 있는 연못 일월지는 오래전 연오랑과 세오녀가 제철소를 운영한 흔적으로 볼 수 있다.

선조 때 영의정 류성룡은 임진왜란 초기에 일본과의 전투에서 밀린 원인을 '나무의 부족'으로 분석하기도 했다. 당시 일본은 오랫동안 비가 많이 와서 숲이 우거지고 적송이 무성했는데 비해 우리는 오랫동안 가물어 나무가 턱없이 부족하여 철을 생산해 낼 수 없으니 농기구나 무기, 화살촉을 만들 여력이 부족해서 전력의 차이가 날 수 밖에 없었다고 한다.

연오랑 세오녀 테마공원의 귀비고에서 영일만을 바라보면 포스코와 영일만 전체가 한눈에 들어온다. 제철보국을 이루었고 포항공대(포스텍)를 만들어 미래를 준비한 박태준 회장의 정신은 연오랑 세오녀 이후에 최고의 신화를 창조했다. 포항의 첫 번째 신화가 연오랑 세오녀의 일월신화라면, 두 번째 신화는 박태준의 포스코 신화라 할 수 있고, 세 번째는 '환동해 국제도시 포항'이 될 것이다. 포항은 스페인의 빌바오, 스웨덴의 말뫼, 미국의 피츠버그처럼 철강도시로 발전 융성하였다가 새롭게 변신하여 살아남기 위해 각고의 노력을 해야 할 때가 왔다.

철강과 조선 산업의 중심으로 번창했던 빌바오는 1980년대에 들어와 실업률이 35%까지 떨어지고 조선소는 흉물스러운 고철덩어리로 변했으며 범죄자는 늘고 오염된 네르비온 강은 공해로 찌들어갔고 1983년엔 설상가상으로 큰 홍수로 구도심 지대가 완전히 물에 잠기는 사태까지 벌어졌다. 그야말로 절망적인 상황이 되었다. 여기서 빌바오는 새 출발을 시도했다. 스페인 중앙정부와 빌바오가 속해있는 바스크 지방정부는 반반씩 투자해서 도시재생작업을 시작한 것이다.

일반적으로 빌바오는 구겐하임 미술관을 유치해서 성공한 도시로 알려져 있지만 절망적인 도시에서 시민들의 행복을 되찾고 관광객들이 북적대는 문화관광 도시로 만들기 까지는 다각적인 노력이 있었다. 항구를 정비하고 죽어가는 네르비온강을 살려내면서 도시가 살아났고 그 가운데 '프랭크 게리'가 창의적으로 설계한 구겐하임 미술관이 자리함으로서 새로운 일자리들이 늘어나고 도시는 생기를 되찾기 시작했다.

미국 펜실베니아주에서 두 번째로 큰 도시 피츠버그는 세계 최대의 석탄지대의 중심이며 미국 제1의 철강산업 도시였다. 1970년대 이후 미국 철강 산업의 쇠퇴와 함께 도시가 쇠락하다가 1980년대 이후 재건을 시작했고 '도시구조조정'을 실행했다. 자동차용 전문 철강과 같은 특수철강 산업, 새로운 의료산업, 생명과학 산업, 영화산업의 육성 등에 힘을 기울였고 그 결과 도시재건에 성공한 모델로 유명해졌다.

경계를 넘나드는 사람 신화를 만들다

'말뫼의 눈물'로 잘 알려진 도시 스웨덴의 말뫼는 19세기부터 조선산업의 절대강자였다. 1980년대부터 쇠락한 말뫼의 코쿰스Kockoms 조선소는 폐쇄되었고 홀로 서있던 대형 크레인은 2002년 현대중공업에 단돈 1달러에 팔렸다. 번성한 도시의 상징물이었던 대형 크레인이 1달러에 팔렸다는 소식에 많은 시민들이 울었다고 한다. '말뫼를 보고 정신 차리자'라고 했던 타산지석의 대명사 말뫼는 1990년대 쇠퇴하는 제조업에서 벗어나 '지식 중심도시, 친환경 도시'로 방향을 잡았다. 말뫼 대학을 설립했고 의료와 IT 등 기술 집약적이고 미래지향적인 산업들을 적극 유치했다. 한때 실업률이 22%까지 치솟았고 GM이 인수했던 SAAB 자동차공장은 3년을 못가고 폐쇄됐다. 절망적인 순간에 정부와 노조, 시민들은 마음을 모아 도시 개발과 산업 전환에 있어서 과감한 시도를 했고 말뫼는 성공의 모델로 인식하게 되었다.

그렇다면 우리도 빌바오나 피츠버그, 말뫼처럼 하면 될까? 조지 길더는 그가 쓴 책, 『구글의 종말』에서 중앙집권화 된 인터넷으로 만들어진 구글은 막대한 부작용을 초래했고 이제 구글의 시대는 종말을 향해 가고 있다고 했다. 그리고 블록체인 기술이 구글이 구축한 인터넷 체계의 약점을 해결하는 새로운 기술로 부상하면서 탈중앙화 시대를 열 것이라 예상한다. 시대의 흐름은 빠르게 변한다. 20세기 후반 세계화의 강력한 흐름은 교통, 통신 네트워크가 발달한 글로벌 도시가 유행했지만 도시가 서열화 된 단점으로 인해 세계화 시대 자체가 퇴조하고 있다. 1위가 런던, 뉴욕이고 2위가 홍콩, 시드니, 두바이, 베이징, 파리, 도쿄 등이고 서울은 3위 그룹에 속한다.

글로벌 도시가 포항의 방향이 될 수는 없다. 글로벌 거점이 아닌 동북아권이나 동남아권의 거점도시로 방향을 설정하는 것이 바람직하고 국제관계에 있어서도 준 글로벌 네트워크 중심도시를 추구하는 것이 현실적이다. 이것이 비로 '환동해 국제도시 포항'이다. 이 점에서 포항은 지역과 국제사회가 만나는 환동해 네트워크의 중심도시가 되어야 하고 그 실현성은 환동해 경제공동체의 중심으로 역할 하는 것이다. 그 옛날 포항의 해와 달의 신화가 바다를 통해 탄생하였듯이 21세기 포항의 신화 또한 환동해 국제도시라는 포항의 품격을 높이는 방향에서 탄생할 것이다.

경계를 넘나드는 사람 신화를 만들다

경계를 넘나드는 사람
신 화 를 만 들 다

5장

포항의 꿈,
환동해 국제도시

환동해에 대한 가치는
동시대성과 맞물려 있는 국가 간의
공통된 의견이다. 환동해는 한반도
특히 포항의 미래를 논할 때, 단순히
자연과 공간, 지역적 의미를 넘어 새로운 가치창
조의 장이 될 수 있다.

환동해시대가 온다

2019년 7월 환동해연구원 원장으로 취임한 후 언론과 시민으로부터 가장 많이 받은 질문이 '환동해가 어디인가'와 '환동해와 포항 발전의 관계성'이다. 환동해環東海, East Sea Rim 는 우리나라 관점에서 동해를 말한다. 한반도, 서일본, 중국 동북부, 극동 러시아 등으로 둘러싸여 있는 동해 권역을 통틀어 이르는 말이다. 바다를 접한 해안의 모양새가 둥근 고리처럼 생겨서 붙여진 명칭이다.

최근에는 자연의 형태를 지칭하기보다는 국제관계의 열띤 장으로 이해하고 있어 형태적 명칭에 가치를 더해 해석되고 있다. 환동해를 접한 국제 지역도시들은 오래 전부터 해당 국가에서도 변방으로 취급된

곳이 대부분이다. 환동해 지역은 각 국가의 수도로부터 멀리 떨어져 있어 중앙과 가까운 도시와는 상대적으로 정치, 경제, 문화 등에서 혜택을 받기 어려웠다. 중앙에서 멀어질수록 개발과 발전이 늦어질 수밖에 없었다.

세계적으로 환동해가 주목받기 시작한 시점은 대략 20세기 후반이다. 구소련이 해체되고 냉전의 시대가 종식되면서 미국 주도의 자본주의가 세계화하는 시점으로 볼 수 있다. 세계화와 지역 세계화라는 용어가 대중성을 가지며 시대적 상황과 사회적 변화를 설명하는 언어로 자리 잡기 시작한 시점과 때를 같이한다. 세계무역기구WTO가 출범하고 국제사회는 종전과 다른 정치, 경제 환경이 조성된다. 국제관계는 갈등과 경쟁의 논리보다 교류와 협력의 논리가 더 힘을 발휘하는 시대가 열렸다. 이러한 시대적 변화는 교류에 있어서도 국가주의나 민족주의 논리보다는 지역협력적 관계에 관심을 갖게 했다. 환동해에 대한 국제사회의 관심과 담론 또한 이러한 시대적 흐름을 타고 만들어지기 시작했다.

현재 환동해는 국제사회로부터 핫한 지역으로 주목받고 있다. 환동해를 둘러싼 한반도, 러시아, 중국, 일본의 관계는 역동성과 혼란성이 중첩되어 있지만 여전히 세계경제의 상당부분을 담당하고 있다. 국제사회가 환동해를 바라보는 시각은 낙관론이 지배적이지만 불안감 또한 그 어느 때보다 높다. 우선 북한이 핵미사일로 일본과 미국을 위협하고 있다. 러시아와 일본은 홋카이도와 캄차카반도 사이에 위치한 4개 섬인 쿠릴열도를 놓고 영토분쟁 중이다. 센카쿠 열도釣魚島를 둘러싼 중국과 일본의 영토분쟁 또한 해결될 기미를 보이지 않고 있다. 여기에 우리나라와 일본의 독도 영유권분쟁도 한몫하고 있다. 이처럼 환동해는 '환동해시대'라는 희망과 '환동해 역설'이라는 불안정한 요소를 동시에 품고 있다.

환동해는 러시아 세력 확대에 대비해 미국이 개입하고, 중국이 아시아를 넘어 세계로 진출하면서 미국과 미묘한 관계에 놓여있다. 과거 냉전시대 환동해는 자본주의와 사회주의 국가들의 이념 경계지점 역할을 했다. 20세기 후반 사회주의가 붕괴하면서 대륙과 해양의 다양한 세력이 중첩하는 교류의 장으로 변하기 시작했다. 지리적 경제적으로 국가 간 상호 접근성이 용이해 교역에서 의존성이 급속도로 증가하는 공간이 환동해이다.

국제사회의 이러한 관심에도 불구하고 환동해를 접한 공통된 의식집합은 아직 형성되고 있지 않다. 인종적, 지역적으로 하나의 아시아라는 공통된 인식과 담론은 형성되어 있지만, 환동해 지역이라는 인식은 아직 태부족이다. 그 뿌리는 근대 초, 민족주의나 국가주의가 이념을 동원해 국가 간의 갈등을 조장했던 왜곡된 인식이 남아있기 때문이다.

환동해 국가들의 역사는 각자 주어진 공간과 시간에서 매진해 온 폐쇄성이 강한 역사이다. 한반도와 중국, 일본과 한반도, 한반도와 러시아, 일본과 중국 등 당시 국가 간의 교류는 필요성에 의해 선택된 관계에만 이루어졌다. 그런 이유에서 환동해 국가들을 하나로 엮을 수 있는 지역성은 한마디로 단언하기에는 어렵다.

세계가 주목하고 있지만 정작 환동해 국가들은 아직 그 관심 내용을 제대로 인식하지 못하고 있다. 미국의 미래학자 앨빈 토플러는 미래 국제사회는 국가가 사라지고 개인이 전체를 대표하게 될 것이라고 말하면서 초국가적 기업이 국가의 역할을 효율적으로 하게 될 것이라고 예언했다. 오래전 그가 예언한 미래가 금방 도래하지는 않겠지만, 초국가적 기업까지는 아닐지라도 초국가시대는 이미 시작된 것으로 보인다. 바로 유럽연합이다.

1989년 미국 부시Bush, G. H. W. 대통령이 서독을 방문했을 때 유럽의 냉전 극복과 관련해 제시한 '하나의 유럽'이 그것이다. 제2차 세계대전은 유럽 국가들에게 엄청난 인명피해와 경제적 손실을 입혔다. 종전 후 유럽인들은 정치적, 군사적 충돌을 미연에 방지하기 위해 '유럽 통합'을 꿈꾸기 시작했다. 1993년 11월 1일 유럽 12개 국가가 모여 마스트리히트 조약을 체결하고 유럽연합EU을 탄생시켰다. 창립 당시 유로존은 '하나의 유럽'을 완성시키기 위한 첫 단계로 경제통합에 목표를

경계를 넘나드는 사람 신화를 만들다

두었다. 유럽연합의 탄생은 사실상 국경의 의미를 무색하게 하는 초국가시대의 도래를 의미한다.

환동해에서도 '환동해국가연합'은 시기상조일지라도 이보다 낮은 단계의 경제협력체인 '환동해경제공동체' 구성은 얼마든지 가능하다. 국가연합으로 가기에는 이념의 문제와 문화적 이질성을 극복해야 하는 시간이 필요하지만, 경제공동체에 대한 구상은 기능적 측면만 고려한다면 언제든 가능하기 때문이다. 환동해는 우리 역사상 한 번도 개척되지 않은 공간이다.

또 환동해 국가 어디서도 선뜻 개척을 시도한 적이 없었다. 환동해에 대한 가치는 동시대성과 맞물려 있는 국가 간의 공통된 의견이다. 환동해는 한반도 특히 포항의 미래를 논할 때, 단순히 자연과 공간, 지역적 의미를 넘어 새로운 가치창조의 장이 될 수 있다.

포항은 환동해시대의 관문

포항시가 환동해에 대해 관심을 표명한지 10년이 지났다. 그동안 포항시가 환동해를 기반으로 한 정책추진 과정은 대략 이러하다. 2009년 영일만신항을 21세기 환태평양시대 동북아경제권을 형성하고 대북방교역에 대비한 전략적 거점으로 개발하여 화물과 정보, 사람이 모이는 환동해 물류중심 도시로 건설하겠다는 것으로 시작되었다.

2013년 환동해 경제권의 주도권을 선점한다며 '환동해 경제허브' 도시임을 선언하였다. 아울러 경제허브 기반조성과 함께 공동 주제 발굴, 물류네트워크 구축, 인적·물적 교류, 문화예술·기업교류 지원 및 협력, 공동 상품개발 지원 등 역내 교류협력 추진전략과 역할을 제

경계를 넘나드는 사람 신화를 만들다

시했다. 2014년 환동해 물류 중심항만으로 성장하고 있는 영일만항을 내세워 21세기 대한민국 경제 1번지를 꿈꾸겠다는 포부를 밝혔다. 2017년 환동해 중심도시 포항 발전 심포지엄이 개최되었고, 2019년 4월 제7회 환동해 국제심포지엄을 개최하여 환동해권 항만물류 네트워크 활성화를 위한 국가 간 항만클러스터 공동연구를 주창했다. 또한 신북방시대 포항의 환동해권 경제협력 모델을 강구하겠다고 밝혔다. 2019년 10월에는 제25회 환동해거점도시회의가 열려 환동해권 공동발전을 위한 교류협력 방안을 논의하였다. 현재 포항시는 '지속발전 가능한 환동해중심도시, 포항'을 시정목표로 세웠다.

지난 10여 년 동안 환동해에 대한 포항시의 정책은 외형적으로는 일관성을 가진 것은 분명하다. 이는 도시의 미래와 발전이 환동해를 접한 국제관계에서 풀어가야 한다는 점을 인식하고 있기 때문이다. 그럼에도 불구하고 포항시의 환동해 정책은 광의의 개념으로 구체성이 떨어진다. '환동해거점도시' 또는 '환동해중심도시'가 무엇을 뜻하는지 명쾌하게 다가오지 않는다. '거점'과 '중심'이라는 용어가 이루어야할 목표라면 두 용어를 받쳐줄 수 있는 정책들이 부족하기 때문이다.

초기에 설정한 정책이 환동해지역과 구체적인 교류에 목적을 두지 않은 구호에 가깝다면, 후기의 정책은 지방정부 간 논의나 협의 이후 후속조치가 없었고 또 실행의지가 과연 있을까 하는 의문을 가지게 한다. 그 이유는 환동해지역에 대한 정치, 사회, 문화, 역사 등을 면밀히 분석하고 연구해야 교류와 교역의 실마리를 찾을 수 있기 때문이다. 국가 간의 교류는 몇 차례 만남으로 가능한 것이 아니다. 환동해지역의 국가 간 교류는 분명한 목적과 성과에 목표를 두어야 한다. 이를 위해서는 환동해지역에 대한 범위를 어디까지 설정할 것인지 먼저 규정해야 한다. 범위 설정은 우선 해당 도시 주민들 삶의 양식을 고려해야 하고 어느 정도 공통성을 갖고 있어야 한다.

여기에 해당 지역의 발전 방향성이 동해 연안지역들과 유사성을 가지는 지역일수록 교류가능성이 높아진다. 이러한 점을 감안하면 환동해지역은 한반도, 일본, 러시아 극동지역, 중국의 동북지역, 몽골까지 확장된 범위에서 해석되어야 한다. 비록 중국 동북지역, 몽골, 러시아 극동지역의 일부는 동해와 접하지 않지만 이들 지역은 상호 관계성에서 문화적 유사성이 두드러지게 나타나기 때문이다.

환동해지역의 규정은 1990년대 지방정부 차원에서 경제교류를 목적으로 저개발 지역을 중심으로 협의의 지역개념으로 사용되었다. 한반도의 동쪽연안을 비롯하여 중국의 동북지역과 일본의 서쪽 연안 그리고 극동러시아 동쪽 연안이 여기에 포함된다. 이 지역의 인구는 약 1억 5000만 명으로, 지역내총생산이 1조 달러를 넘어서는 수준이다. 만약 환동해지역을 좀 더 확장된 의미로 규정하면 한반도, 일본, 몽골, 중국 동북3성, 러시아 극동지역을 포함하게 되고 인구는 약 3억 명에 지역 내총생산은 약 6조 5000억 달러를 넘어서게 된다.(권세은, 『환동해, 변방을 넘어』, 블루앤노트, 2015) 2018년 포항시의 총생산이 약 141억 달러임을 감안하면 환동해지역과 교류를 통해 얻어지는 경제효과와 그에 따르는 유발효과를 더하면 산정할 수 없는 잠재력을 내포하고 있다.

한반도에서 포항은 환동해지역과 관계 맺기가 어느 지역보다 유리한 조건에 있다. 우선 포항의 산업구조는 세계 철강생산 3위 글로벌기업 포스코가 베이스에 놓여있다. 여기에 방사광가속기연구센터를 비롯한 18개의 연구기관이 지곡연구단지에 집중되어 있다. 또한 환동해지역들과 언제든 연결되는 영일만항이 자리하고 있다. 도시를 굳건히 받치는 철강베이스에 18개의 연구기관이 지원하고 국제지역과 연결될 수 있는 항만시설은 한반도 동해연안 어디에도 이 같은 인프라를 갖춘 지역은 없다. 포항이 지경학地經學적으로 환동해에서 가장 유리한 입장에 놓여있는 것은 분명한 사실이다. 그런데 지금까지 우리는 이러한 이점을 단순교류나 관광산업에만 국한하려는 경우가 대부분이었다.

환동해는 동북아 블루오션

미국이 자국 우선주의를 주창하며 세계경제를 제패하려는 움직임이 있다. 1974년 무역법 301조(슈퍼 301조)가 발동하면서 미국은 신자유무역주의 이념을 채택했다. 한마디로 미국의 눈 밖에 난 국가의 물건을 취급하지 않겠다는 것이다. WTO 체제에 정면충돌하는 법률이지만, 미국이 세계 초강대국이라는 점에서 약소국은 따를 수밖에 없는 법률이다. 슈퍼 301조는 미국에 의한 새로운 대륙봉쇄령이라 할 수 있다. 바로 이 법률이 오늘날 자국 우선주의의 근간이다.

최근 미국이 중국산 제품에 폭탄 관세를 부과한 것도 자국 우선주의에 기반 한다. 중국 또한 미국에 맞서 보복관세를 적용하면서 G2의 무

경계를 넘나드는 사람 신화를 만들다

역전쟁이 세계경제를 흔들고 있다. 미국의 자국 우선주의는 중국이 세계시장으로 확장하는 것에 제동을 걸어 미국의 통제 속에서 2인자 역할을 하라는 의미도 포함한다. 최근 환동해의 국제정세는 미국을 견제하기 위한 중국의 압박은 우리에게로 향하고 있다. 국내기업들이 거대 중국시장을 개척하겠다며 삼성, LG, 롯데, 포스코 등이 중국현지에 진출하였으나 하나같이 고배를 마셨다. 급기야 롯데는 중국정부의 의도적인 불매운동으로 아예 철수한 상태이다.

이외에도 중국에 남아있는 국내기업 대부분이 고전을 면치 못하고 있다. 우리 정부의 입장은 전통적 동맹관계인 미국의 눈치도 살펴야 하고, 주요 교역관계인 중국과의 관계에도 신경 써야하는 난감한 처지에 놓여있다. 여기에 최근 들어 일본과 청구권협상으로 틀어진 오래된 문제가 위안부 배상으로까지 확산되었다. 우리 대법원은 일제강점기 강제노역에 동원한 일본기업의 한국내 재산을 압류하고 매각대금으로 피해자들께 보상할 것을 판결하였다. 일본의 아베정부는 반도체 소재 수출 규제라는 초강수 무역보복을 감행하기에 이르렀고, 우리정부는 한일군사정보보호협정GSOMIA 파기로 맞대응에 나섰지만, 미국의 압력으로 실행에 옮기지 못하고 있다.

환동해를 둘러싼 국제정세가 하루 앞을 예측할 수 없는 상황이다. 환동해지역의 열강들이 자국 중심의 교역로 개척에 심혈을 기울이는 이유도 이 때문이다. 환동해는 국가 간 이해관계로 중첩된 공간이다. 우리 정부를 비롯해 아시아 열강들이 주요정책을 쏟아낼 만큼 미래를 여는 비전의 공간으로 부상하고 있다.

러시아의 신동방정책(동방중시)은 동아시아 국가들에게 풍부한 자원과 미국과 유럽연합^{EU}을 대신해 기술을 제공하고 대신 러시아 개발에 투지를 요청하는 것이다. 러시아와의 경제 협력을 단순히 경제적 이익만이 아니라 지정학적 가치에 두어야 한다. 러시아 극동은 한반도의 유라시아 경제통합 참여에 참여할 수 있는 통로라는 점을 감안하여야 한다.

중국의 일대일로^{一帶一路} 정책은 육상과 해상에서 신실크로드 경제권을 형성하고자하는 대외 경제정책이다. '일대^{一帶}'는 여러 지역들이 통합된 '하나의 지대'로써 중국, 중앙아시아, 유럽을 연결하는 '실크로드 경제벨트'를 뜻한다. '일로^{一路}'는 '하나의 길'로써 동남아아시아, 서남아아시아, 유럽, 아프리카를 잇는 '21세기 해양 실크로드'를 뜻한다. 중국 정부는 일대일로 정책이 중국이 안고 있는 구조적인 문제들을 해결할 것으로 기대하고 있다.

환태평양경제동반자협정^{TPP}은 원래 미국이 적극적으로 참여하면서 주목받았지만 2017년 미국의 탈퇴로 현재는 일본이 주도하고 있다.

경계를 넘나드는 사람 신화를 만들다

아시아, 태평양지역 경제의 통합을 목표로 공산품, 농업 제품을 포함한 모든 품목의 관세와 함께 정부 조달, 지식재산권, 노동 규제, 금융, 의료 서비스 등에 비관세 장벽을 철폐하고 자유화하는 협정이다. TPP와 함께 일본은 동남아시아와의 협력에도 커다란 관심을 보이고 있다.

신북방정책은 우리 정부가 유라시아 통합에 참여하여 해양과 대륙을 잇는 가교역할을 함으로써 북방지역을 새로운 '번영의 축'으로 삼겠다는 핵심적인 대외정책이다. 초국경 소다자 협력을 활성화하여 한반도와 동북아 평화체제 구축에 기여하고, 시장다변화, 4차 산업혁명 기술 협력, 에너지·물류망 구축 등에서 우리 기업의 신성장동력을 확보하겠다는 구상이다.

신남방정책은 문재인 대통령이 2017년 한국·인도네시아 비즈니스 포럼에서 공식 천명한 정책이다. 아세안 국가들과의 협력 수준을 미국, 중국, 일본, 러시아 등 주변 4강국 수준으로 끌어올리는 것이 핵심이다. 상품 교역을 넘어 기술, 문화예술, 인적 교류까지 영역을 확대하여 중국 중심의 교역에서 벗어나 한반도 경제 영역을 확장한다는 의미를 담고 있다. 이처럼 주변 열강들의 주요 정책은 하나같이 환동해를 관통하는 것이 대부분이다. 특히 포항은 우리정부의 신북방정책과 신남방정책 그리고 러시아의 신동방정책이 교차하는 핵심지점에 자리잡고 있다. 이는 지정학적地政學 우위를 지경학地經學적 가치로 끌어 올릴 수 있는 절호의 기회이다.

환동해는 G2의 관계에서 벗어나 우리의 바닷길로 유럽과 인도까지 교역을 확대시킬 수 있는 중요한 공간이다. 포항시도 환동해경제권 거점도시를 향한 주요정책들을 내놓고 있는 가운데, 2018년에 이어 2019년에도 동북아 CEO 경제협력 포럼을 개최하여 중앙정부의 신북방정책에 발맞추어 시정을 펼치고 있다. 환동해에 대한 가치 논의는 이제 중앙정부와 전문가 영역에만 머무르지 않고 지역사회에서도 보편적 담론으로 확산되고 있다.

우리 역사를 살펴보면 동해는 서해보다 경제적인 측면에서 중요한 가치로 해석되지 않았다. 우리나라는 근대기까지 정치적 경제적으로 의존할 수밖에 없었던 국가가 중국이다. 대규모 교역이 대부분 서해를 통해서 이루어졌기 때문이다. 반면 150여 년 전 미국, 영국, 프랑스, 일본 등 세계열강이 개항을 요구하며 무력을 앞세웠던 곳이 동해이다. 120여 년 전 한반도 지배를 놓고 패권을 다투었던 러시아와 일본의 전장이 동해이다.

대원군의 쇄국정책을 통해서 알 수 있듯이 근대기까지만 해도 동해는 폐쇄되어야 우리가 살 수 있는 공간이었다. 세계열강들이 동해를 통해서 한반도로 진입하려 했던 이유는 이곳 바닷길이 국제사회와 대

　　　　　경계를 넘나드는 사람 신화를 만들다

면하는 관문이었기 때문이다. 그들이 우리를 쉽게 찾아 왔던 길은 우리도 그들에게 가기 좋은 길이다. 그런 점에서 환동해가 가진 의미는 포항이 국내에서 풀지 못하는 기업유치나 산업구조 재편 등의 문제를 환동해를 접한 국제지역과 교역과 교류를 통해서 해결할 수 있다.

지금 환동해는 아시아 열강들이 자국의 이익에 우선해 핵심가치를 논하는 격변의 장으로 변하고 있다. 인류의 역사는 길의 역사이다. 우리를 새로운 세계로 인도하기도 하고 서로 다른 문명과 문화를 경험하게 한다. 사람과 사람을 연결시키는 길은 새로운 문명과 문화를 탄생하게 한다.

제3의 포항신화
환동해경제공동체

세계는 지금 특정 지역권과 언어 문화권을 중심으로 '경제공동체구성'이 유행처럼 번지고 있다. 최근 유럽에서 하나의 유럽을 표방하며 구성된 유럽공동체도 실상은 경제공동체에 목표를 두고 있다. 유럽공동체 탄생은 유럽이라는 지리적 권역의 한계선을 공동체 구성의 당위성으로 들고 있다. 하지만 언어와 문화적 측면에서 발견되는 공통성이 더 강하게 작용한 것으로 보인다. 동일한 언어 문화권에서의 동질성은 문화적 이질감을 크게 발생시키지 않는다. 그만큼 공동체 결성에 유리하다. 환동해지역을 중심으로 한 공동체 결성은 유럽공동체와는 다른 뿌리 깊은 환경적 차이가 있다.

경계를 넘나드는 사람 신화를 만들다

첫째, 국가별 이념적 차이에서 비롯되는 문제점이 극복되어야 한다. 구소련 해체 후, 러시아는 세계 여러 나라와 교류를 펼치고 있지만, 아직 사회주의를 표방하는 국가이다. 중국이 오래전부터 개방경제를 내세우면서 자본주의 시장경제를 받아들이고 있지만, 바닥에 흐르는 이념은 사회주의이다. 일본이 자본주의 시장경제를 표방하고 있지만, 내면은 민족주의를 넘어서는 국수주의가 깔려있다.

둘째, 인종과 종족적 차이에서 발생하는 문화적 차이를 극복해야 한다. 러시아는 약 185개의 다양한 민족 집단으로 구성되어 있다. 중국 또한 러시아와 마찬가지로 다민족 국가이다. 중국의 55개 소수민족 인구는 8,600만 명에 이른다. 일본의 경우 한반도를 건너온 퉁구스계, 동남아시아에서 온 종족, 인도와 게르만계인 아이누족 등이 현재 일본민족을 구성하고 있지만, 집단성을 보존하며 문화적 언어적 차이를 나타내는 종족은 없다.

셋째, 국가와 국가를 구성하는 종족들의 언어적 차이를 극복해야 한다. 소수민족에서 발생하는 언어적 차이는 두더라도 국가 간의 주요언어에서 큰 차이를 보이고 있다. 언어의 차이는 단순히 말의 차이뿐만 아니라 문화에서 확연한 차이를 나타낸다.

환동해지역의 공동체구성은 자연발생적인 바다만을 근거로 결성하기에는 여러 문제를 내포하고 있다. 이러한 문제를 해결하기 위한 단서는 문화적 공통성이라는 접점에서 찾아야 한다. 지난 역사를 되돌아보면 말은 달랐지만 대부분 한자 언어권에 속해 있었다. 여기에 한반도와 중국의 오랜 교류의 관계성과 한반도와 일본의 관계도 있다. 한반도와 러시아는 뿌리 깊은 문화적 원형이 남아 있고, 한반도와 몽골 또한 종족적 유사성에서 비롯한 문화적 접점이 남아있다. 이것으로 볼 때 한반노는 중국, 일본, 러시아, 몽골과 오랜 기간 관계를 맺은 문화적 정서적 유사성을 가장 많이 가진 국가이다. 바로 이러한 근거가 한반도만이 환동해경제공동체 구성에 핵심역할을 할 수밖에 없는 이유이다. 한반도의 당위성은 바로 포항의 적격성을 의미한다. 한반도 동해안 연안에서 포항은 환동해 국가들과 관계 맺을 수 있는 최상의 인프라를 갖춘 지역이기 때문이다.

환동해공동체는 민간차원의 경제공동체가 되어야 한다. 한국과 일본은 자본주의 시장경제시스템을 도입하고 있다. 그럼에도 한·일 청구권에서 비롯된 위안부 갈등이 자본주의 시장경제를 제어할 만큼 교역제재로까지 이어졌다. 이처럼 국가가 주도하는 교역은 정치이념이 반영되어 제도적 프레임에 내밀하게 작동한다. 하지만 민간주도의 교역은 이념보다는 경제적 가치를 놓고 판단한다. 그 예로 일본의 아베 정부가 정치적 잣대로 한국에 대한 반도체 소재 수출 규제를 발표하였지만, 며칠 후 이재용 삼성전자 부회장은 일본의 몇몇 기업과 접촉해

경계를 넘나드는 사람 신화를 만들다

이 문제를 일부 해결하였다. 그런 이유에서 민간이 주도하는 포항 중심의 환동해경제공동체 구성은 투자, 교역, 교류에서 유연하게 대처할 수 있다. 또 서로 다른 산업구조를 가졌다하더라도 상호 보완적 관계에서 공동체의 기업과 지역사회가 동반성장할 수 있기 때문이다. 삼성의 예는 민간이 국가 이념을 넘어설 수 있음을 입증한다.

국가 간의 이념대립은 교역을 불가능에 이르게 할 만큼 절대적 영향을 미친다. 국제공동체에서 탈퇴하는 국가 대부분이 정치적 이념에 따라 결정하기 때문이다. 최근 미국이 세계무역기구WTO를 탈퇴하겠다는 의사를 밝힌 바 있고, 영국 또한 유럽연합EU에서 탈퇴하겠다며 국민투표를 하였다. 이처럼 국가단위 공동체구성은 언제든 자국 우선주의나 정치적 이념에 의해 해체될 수 있다. 그런 이유에서 환동해지역의 공동체구성은 민간이 주도하는 경제공동체로 결성되어야 한다. '민간주도 환동해경제공동체 구성'은 이미 국내 최초 환동해 관련 민간종합연구기관인 환동해연구원에서 진행 중인 정책이다. 2019년 9월에

지곡연구단지

열린 환동해연구원의 정책세미나에서 포항의 환동해 국제도시 성장가
능성을 점검하면서 집중적인 논의가 있었다. 그 결과 포항의 미래 성
장 동력은 환동해지역이라는 점과 그 목표를 이루기 위해서는 민간이
주도하는 '환동해경제공동체'를 결성하고 여기서 포항발전을 위한 다
양한 미래 프로젝트가 가동되어야 한다는 것이다.

포항은 포스코를 제외하면 특별한 산업구조를 논의할 만한 것이 없
다. 이미 10여 년 전부터 지역 오피니언 리더를 중심으로 포스트 포스
코에 대한 논의는 있었지만 좀처럼 실마리가 풀리지 않고 있다. 새롭
게 추진한 산업단지 곳곳이 아직 빈곳이 많고 국내 경기침체로 창업도
쉽사리 결심할 수 없는 시대가 되었다. 이제 국내 기업을 유치해 도시
발전의 밑거름으로 활용하기에도 한계에 다다랐다. 한국산업관리공단
에 의하면 2016년 구미시 소재 공장가동률이 84.5%였던 것이 2019년
7월 현재 32%로 격감했다. 삼성 스마트시티 네트워크사업의 제조기능
이 수원으로 이전하였고, LG디스플레이 공장이 파주로 떠나갔다. 한
때 포항을 능가할 것이라던 구미시가 불과 3년 만에 도시의 존립마저
위협받고 있다. 밑돌을 빼내어 위를 쌓는다면 포항의 탑은 영원히 완
성될 수 없다. 답은 환동해의 네트워크에서 찾아야 한다. 철강도시 포
항을 구조적으로 다변화시키기 위해서는 민간이 주도하는 환동해경제
공동체 구성에서 답을 찾아야 한다.

경계를 넘나드는 사람 신화를 만들다

포항의 산업구조 다변화와
환동해네트워크

최근 포스코와 지역사회와의 관계가 그 어느 때보다 소원해져 있다. 우리는 포스코 이후를 논하기 전에 서로 발전적 방향에서 새로운 관계 정립이 필요하다. 세계적 기업인 포스코의 국제 네트워크는 포항이 국제도시로 성장할 수 있는 밑거름이다. 또 중소기업과 벤처기업, 청년 창업자가 세계무대로 진출하는데 중요한 역할을 담당할 수 있기 때문이다. 환동해 네트워크를 활용해 포항의 산업을 재편하고자 하는 것도 포스코를 중심에 두어야만 가능하다.

톰센Thomsen의 삼시대법에 근거한 철의 연대기에 따르면 인류는 6,000년 전 최초 철을 사용한 것으로 되어있다. 그런데 철을 발견하고

포스코 없는 포항을 상상할 수 없다. 포항의 미래를 담당할 산업구조 재편은 그 중심에 포스코가 놓여 져야 한다.

도 인류는 제련기술이 없어 3,000년을 더 기다려야 했다. 철은 농경시대를 거치면서 훌륭한 농기구로서 역할을 하였고, 철의 진화는 산업혁명의 핵심 동력인 기계문명을 열었다. 건축기술에서도 흙과 돌 그리고 시멘트라는 건축소재가 이루지 못한 넓이와 높이의 한계를 극복하게 한 것도 철이 있어 가능했다. 이후 철은 지구표면의 형태까지 바꿔 놓을 만큼 위력을 발휘했다.

철이 없는 인류문명은 상상할 수 없다. 인류가 지구에서 사는 동안 철은 유효할 것이다. 우리는 포스코가 없는 포항을 상상할 수 없다. 포항의 미래를 담당할 산업구조 재편은 그 중심에 포스코가 놓여 져야 한다. 철강소재에서 비롯되는 산업의 확장성을 말하는 것이다. 이러한

경계를 넘나드는 사람 신화를 만들다

논리의 근거는 환동해경제공동체 결성으로 가능하다.

지곡연구단지 연계한
포항국제벤처밸리 조성

포항에도 미국의 실리콘밸리에 버금가는 포항국제벤처밸리 조성이
가능하다. 실리콘밸리란 컴퓨터 회로에 사용되는 반도체의 기본재료
인 실리콘에서 따온 말이다. 스탠포드 대학이 있는 팰로 앨토와 샌프
란시스코 만에서 남동쪽의 새너제이 시에 이르는 약 40㎞에 걸쳐 뻗어
있다. 실리콘밸리는 과수원과 농경지뿐인 환경에서 전자·컴퓨터벤처
기업들이 모이면서 시작되었다.

포항의 지곡연구단지는 방사광가속기연구센터를 비롯해 18개의 연
구기관이 밀집되어 있다. 국내 어느 지역에도 이렇게 많은 연구기관이
집중된 곳은 없다. 벤처기업의 성공확률은 낮은 것은 기술력의 한계가
대부분을 차지한다. 이는 기술을 향상시킬 수 있는 적합한 연구시설이
없기 때문이다. 지곡연구단지는 벤처기업육성을 위한 최적의 인프라
를 갖추고 있다.

3세대 가속기를 활용한 소재·에너지·환경과, 4세대 가속기를 활

용한 바이오·신약산업의 벤처 플랫폼으로 운영될 수 있다. 여기에 국가데이터센터 또는 구글, 아마존 등 글로벌 기업 연구소를 유치하여 스마트시티 빅 데이터 구축도 가능하다. 뿐만 아니라 첨단기계와 부품과 관련한 벤처 플랫폼으로도 운영될 수 있다. 포항의 전통산업인 포스코와 연계하여 첨단기계와 부품에 관한 기술력은 벤처기업이 확보하고 여기에 사용되는 첨단 철강소재는 포스코로부터 소비될 수 있다면 전통산업과 신산업이 동반성장할 수 있는 지역산업 메커니즘이 만들어지는 것이다. 민간주도 환동해경제공동체는 환동해지역 기업과 경제인들로 구성된다. 이들 기업과 경제인들이 직접참여 또는 투자가 가능하고 여기에 포스코의 네트워크가 참여하면 지곡연구단지를 연계한 포항국제벤처밸리 탄생은 시간문제일 뿐이다.

블루밸리국가산업단지,
국제첨단기계부품산업단지로 육성

글로벌 경제와 국내 경제 악화로 기업투자가 위축되고 있다. 경제가 좋아지고 생산성이 높아지면 기업은 재투자가 이루어지고, 생산시설 확충을 위해 공장을 증설하거나 다른 지역에 제2의 생산시설을 갖추는 것이 기업경영의 원리이다. 블루밸리국가산업단지가 조성되었지만 기업유치는 미미한 실정이다. 포항시는 국가산업단지 지원정책에 의해

평당 5,000원 최장 50년 임대라는 조건을 제시했지만 성과를 보지 못하고 있다. 이제 국내기업을 유치해 지역발전을 도모하던 시대는 지나간 것으로 보인다.

2017년 기준 포항의 산업구조는 제조업 중 철강산업 비중이 83%이고 1차 금속 제조업이 50%로 주력산업이다. 그런데 철강산업 중 적지 않은 비중을 차지하고 있는 것이 단순가공이다. 포항의 산업구조 다변화는 바로 철강 단순가공을 넘어서는데 있다. 블루밸리국가산업단지는 포항의 산업구조 다변화를 위한 최적의 공간으로 활용될 수 있다. 철강소재를 이용한 단순 가공 산업을 첨단기계제조와 부품소재산업구조로 전향하는 것이다. 이것이 '국제첨단기계부품산업단지'이다. '국기산'은 포항국제벤처밸리의 기술을 적용받아 이것을 상용화하는 일종의 생산시설로 활용하면 된다.

이 프로젝트 또한 환동해경제공동체가 결성되어야 완성될 수 있다. 환동해지역에서도 특히 중국과 러시아에는 충분한 경제력을 갖추었지만 해외진출 또는 신규 사업을 선뜻 결정하지 못하는 기업가가 많이 있다. 이는 포항 현지에서 단독으로 기업하기에는 현지 사정에 밝지 않고 산업의 메커니즘도 익숙하지 않기 때문이다. 그런 이유에서 포항의 기업인과 이들을 연결시키는 매칭 프로젝트를 가동한다면 한·중 또는 한·러 국제기업이 탄생할 수 있다. 이것이 환동해경제공동체를 활용한 포항의 상업구조 다변화와 5대산업 육성책이다.

지곡연구단지가 국제벤처밸리를 지원하고, 국제벤처밸리가 국제첨단기계푸품산업단지의 제품생산 공장으로 활용되며 국제첨단기계푸품산업단지가 포스코의 철강제품을 소비하여 다시 영일만항에서 환동해지역으로 수출하는 시스템이다.

환동해경제공동체를 활용한 시스템은 포항의 산업구조 다변화뿐만 아니라 외국자본 합작기업이라는 점에서 기업의 일정부분이 외국인으로 구성될 확률이 높다. 여기에 경영진 또는 수출관리 등에서도 외국인들이 고용될 수 있어 포항은 자연스럽게 환동해 국제도시로 변화할 것이다.

경계를 넘나드는 사람 신화를 만들다

글로벌 해양도시로 도약하다

포항이 환동해 국제도시로 성장하기 위해서는 전제조건이 따른다. 바로 환동해지역과 연결하는 바닷길이 먼저 열려야 한다. 국경을 초월하는 지역 간의 협력과 교류는 주로 바다를 통한 창구인 항만도시가 초국경적 교류협력을 주도하기 때문이다. 포항은 이러한 협력과 교류에 대비해 이미 10여 년 전부터 국제항만시설인 영일만항을 개항했다. 문제는 국제 정기 여객선이 들어올 수 있는 항로가 개설되지 않았다.

항만도시의 공간적 발전 과정을 상업모델로 제시한 나로 반스의 이론에 의하면 유럽과 북아메리카는 바다를 통해 두 대륙 간 사람과 물자의 이동이 활발해지고 항만도시를 중심으로 도시 네트워크가 형성되면서 지역이 발전하였다. 여기에는 대서양을 접한 양쪽 대륙의 미개척 해안을 개발하면서 시작되었다. 이 이론에 비추어 보면 환동해지역에서 발전을 추동할 새로운 요인은 항만시설이다. 뱃길이 연결되면 환동해 연안도시 간 상호교류가 활발해져 초국경 도시 네트워크가 형성되어 통합경제권으로 발전할 수 있음을 말한다. 포항의 바닷길은 산업구조 다변화를 통해 환동해 국제도시로 성장할 수 있는 미래를 여는 길이다.

유럽의 유로지오Eurogeo를 비롯하여 발트해 연안지역의 신한자Die Neue Hanse 네트워크, 덴마크의 코펜하겐과 스웨덴 말뫼 간의 외레순드는 초국경적 협력체가 만들어진 곳이다. 특히 외레순드교는 포항과 비슷한 산업구조를 가진 스웨덴의 말뫼를 기사회생시킨 교량이다. 말뫼는 스웨덴의 가장 남쪽에 위치한 도시이다. 지리적으로 스웨덴의 수도 스톡홀름보다 덴마크의 수도 코펜하겐에 더 가까운 도시이다. 따라서 말뫼는 우리 정부의 신북방정책과 신남방정책의 교차점인 포항과 같은 도시다.

그런 점에서 본다면 포항이 중심이 되는 환동해시대가 열리고 있는 것은 분명한 사실이다. 동해를 접한 국내 어떤 도시도 갖지 못한 포항만의 이점 때문이다. 4차 산업을 주도할 IT기반 과학기술과 교육기관이 충분하고, 여기에 방사광가속기센터와 지능로봇융합센터 그리고 세계적인 철강기업 포스코가 있어 환동해권 국제 지역 어디와도 투자와 기술교류가 가능하다. 또 지정학적 여건에서도 육지와 해양문화가 어우러진 천혜의 자연환경이 스페인 빌바오를 닮아 있다. 만약 바닷길이 국제사회와 연결된다면 스웨덴 말뫼에 버금가는 세계적 친환경 도시도 꿈꿀 수 있다.

포항의 이러한 매력은 이념을 초월한 다양한 사람들을 모여들게 하고, 세계를 무대로 교역과 교류가 빈번한 국제도시로 성장할만한 개연성을 품고 있다. 환동해시대를 통해 포항의 가치를 확장시키는 방안은 국제 지역사회와 경제적 네트워크가 가동되는 국제도시로 나아가는 길뿐이다.

경계를 넘나드는 사람
신화를 만들다

초판 1쇄 인쇄 2020년 1월 07일
초판 1쇄 발행 2020년 1월 11일

지은이 | 문충운
펴낸이 | 정재학
펴낸곳 | 퍼블리터
등록 | 2006년 5월 8일 (제2014-000181호)
주소 | 경기도 고양시 일산동구 정발산로 24(장항동 868) 웨스턴타워 T3 508호
대표전화 | (031)967-3267
팩스 | (031)990-6707
이메일 | publiter@naver.com
홈페이지 | www.publiter.co.kr
페이스북 | www.facebook.com/publiter1

마케팅 | 신상준
디자인 | 기민주
인쇄 및 제본 | 천광인쇄

가격 | 10,000원
ISBN | 979-11-968727-1-7 03810